MACH MICH GANZ, COWBOY

Turner Creek Ranch Serie, Buch Drei
(Die Cowboys von Mule Hollow)

DEBRA CLOPTON

Mach mich ganz, Cowboy

Payback kommt in vielerlei Gestalt daher …

Der Rancher/Anwalt Wyatt Turner erholt sich von einem Flugzeugabsturz und braucht einen Physiotherapeuten – doch als die viel zu lebhafte und viel zu hübsche Therapeutin auf der Ranch auftaucht, sagt er: „Auf keinen Fall.” Seine jüngeren Brüder wollen sich jedoch für seine Kuppelei revanchieren und entscheiden, dass Amanda perfekt für den Job ist. Sie stellen sie gegen Wyatts Willen wieder ein, und plötzlich wendet sich der Spieß gegen ihn … Wyatt hat geholfen, sie zu verheiraten, um das Erbe ihres Ururgroßvaters fortzusetzen, doch er hatte nie vor, selbst Teil dieses Erbes zu werden.

Amanda Hathaway nimmt die Herausforderung des eigensinnigen Cowboys an, weil sie den Job braucht, doch sie hat nicht vor, sich von diesem Mann einschüchtern zu lassen … außerdem ist ihre feurige Beziehung eine willkommene Ablenkung von ihrem eigenen persönlichen Herzschmerz.

Sowohl Amanda als auch Wyatt haben versteckte

Wunden, die in dieser herzzerreißenden Geschichte über Liebe, Verlust und die Überwindung dessen, was das Leben einem in den Weg wirft, offengelegt werden. Doch kann die Liebe Amandas Herzschmerz überwinden … Wyatt ist fest entschlossen, es zu schaffen …

Willkommen auf der Turner Creek Ranch, wo das Vermächtnis der Liebe stark ist.

KAPITEL EINS

„Bist du sicher, dass du das tun willst? Ich kann es einfach nicht glauben.”

Amanda Hathaway begegnete dem mitfühlenden, wenn auch etwas erschrockenen Blick ihrer Chefin. Es war nicht das, was sie wollte, es war ihre einzige Option. „Ja. Das ist es, Joyce. Ich habe viel darüber nachgedacht und will – *muss* – mich strikt auf Erwachsenenfälle beschränken.” Erwachsene, keine Kinder. Nicht die Kinder, mit denen sie gerne gearbeitet hatte – sich berufen fühlte, mit ihnen zu arbeiten.

„Aber du hast es schon immer geliebt, mit Kindern zu arbeiten”, sagte Joyce Canton, als hätte sie ihre Gedanken gelesen. „Und du hast so eine Gabe. Willst du nicht nochmal darüber nachdenken?”

Amanda holte tief Luft, und ihre Brust zog sich vor Anstrengung zusammen.

„Das habe ich schon, Joyce. Es fällt mir nicht leicht.

Aber ich habe nicht mehr das Herz dafür."

„Das nehme ich dir nicht ab."

„In der Nähe von –" Sie verstummte, da sie nicht aussprechen konnte, dass sie sich jetzt krank fühlte, wenn sie in der Nähe von Kindern war. Was nützte sie als Physiotherapeutin, wenn sie ihre Patienten nicht ansehen konnte, ohne zu weinen oder sich leer zu fühlen? „Es zerreißt mich innerlich", war alles, was sie herausbrachte. Sie musste ihr Leben ändern. Und sie musste es jetzt tun.

„Er war ein Idiot, Amanda."

Joyce' Worte kamen als angewidertes Knurren heraus, was im krassen Kontrast zu ihrem normalerweise professionellen Verhalten stand. Amanda blinzelte heftig, als ihre Augen zu brennen begannen. Sie wandte den Blick ab und zwang sich dazu, die Fassung zu bewahren. Gott hatte einen Plan. Es war so; sie verstand ihn einfach nur nicht. Und das machte das, was sie fühlte, nicht weniger herzzerreißend.

„Du kannst nicht zulassen, dass das, was er gesagt hat, eine solche Macht über dich hat", fuhr Joyce fort. „Wenn ich ein Mann wäre, würde ich zu ihm gehen und ihm eine reinhauen."

Zu jeder anderen Zeit hätte Amanda vielleicht über die Bemerkung ihrer Chefin gelächelt, doch heute gelang es ihr nicht. Die Entscheidung ihres Verlobten –

nein, Ex-Verlobten – nagte an ihr. „Er hat nur gesagt, was er wirklich denkt", brachte sie heraus und bemühte sich, ihn zu verstehen. Wut würde ihr in dieser Situation nicht helfen. Wut half sehr selten, doch in diesem Fall würde es ihre ohnehin schon aufgewühlten Gefühle noch schlimmer machen. „Du kannst ihm nicht vorwerfen, dass er ehrlich ist."

„Ehrlich. *Ehrlich!* Der Mann wusste es, und hat dich gebeten, ihn zu heiraten. Dann lässt er aus heiterem Himmel diese Bombe platzen. Wie konnte er dich bitten, ihn zu heiraten, und dann einen Rückzieher machen, weil du nicht –" Joyce beendete den Satz nicht, denn ihre Stimme brach. Ihre Augen füllten sich mit Tränen. Sie nahm ein Taschentuch aus der Schachtel auf dem Schreibtisch und tupfte sich die Augen ab.

Amanda hatte die gleiche Wut und den gleichen Unglauben empfunden, als Jonathan es ihr vor drei endlosen Wochen gesagt hatte. Doch dann war sie sich der Realität bewusst geworden, und sie wusste, dass sie tief im Inneren mit der Trennung gerechnet hatte. Und wie konnte sie ihm einen Vorwurf daraus machen? Wie konnte jemand einem Mann die Schuld dafür geben, dass er zu dem Schluss kam, dass er eine Frau nicht heiraten konnte, die ihm keine Kinder schenken konnte? Sie konnte es nicht, und da war die Wut verflogen. Sie war vierundzwanzig Jahre alt und hatte keine Hoffnung, jemals ein Kind zu bekommen. Ihre Brust zog sich erneut zusammen.

Sie war sich immer noch nicht sicher, warum sie überhaupt angefangen hatte, mit Jonathan auszugehen. Sie hatte sich gesagt, dass sie nicht daten würde. Nicht zu daten bedeutete weniger Risiko für sie. Doch dann hatte Jonathan sie zum Mittagessen eingeladen – und als sie nein gesagt hatte, hatte er es immer wieder versucht, bis sie schließlich zugestimmt hatte.

Bei ihrem zweiten Date hatte sie ihm die kalten, harten Fakten ihrer Situation erklärt. Sie hatte nicht damit gerechnet, danach nochmal von ihm zu hören, doch er hatte ihr versichert, dass ihre Unfruchtbarkeit ihm nichts ausmachte. Nach ein paar stürmischen Wochen hatte er ihr gesagt, dass er sie liebte und sagte, dass Kinder zu adoptieren für ihn völlig in Ordnung wäre. Tief in ihrem Herzen hatte Amanda gewusst, dass es nur wenige Männer auf der Welt gab, die eine Frau heiraten würden, die nicht nur die Fähigkeit verloren hatte, Kinder zu tragen, sondern darüber hinaus auch ein Bein. *Zwei fette Argumente gegen dich*, sang die Stimme in ihrem Kopf. Diese Stimme war nicht gut für sie, und sie wusste es, aber sie wollte nicht verstummen.

„Er hat dich angelogen, Amanda. Was für ein Mann würde sowas tun?"

Amanda konzentrierte sich auf die Realität der Situation und schüttelte den Kopf. „Wahrscheinlich war er ehrlich zu sich selbst." Amanda wusste, dass es stimmte. „Er hat für sich die richtige Wahl getroffen … und dafür bin ich dankbar – sonst wäre es am Ende auch für mich falsch gewesen. Und außerdem wissen du und ich, dass ich das mit ihm überstürzt habe."

„Ich kann nicht fassen, dass du ihn verteidigst. Obwohl ich dir recht geben muss, dass es eine überstürzte Beziehung war. Ich glaube, du hast dich mit ihm begnügt, wenn du mich fragst. Er ist gekommen und hat die Frage gestellt und du hast dich auf die Gelegenheit gestürzt, dabei hättest du viel Besseres haben können."

Amanda verspürte einen Anflug von Zustimmung. Hatte sie das? „Ich habe vor langer Zeit gelernt, dass es Dinge gibt, über die man keine Kontrolle hat."

Sie hatte nur nicht damit gerechnet, dass es so wehtun würde – schließlich war sie mit vierzehn Jahren schon einmal in ihrem Leben mit dieser Realität konfrontiert worden, als die Ärzte ihr erklärt hatten, dass sie eine Hysterektomie brauchte. Sie hatten alle inneren Schäden repariert, die sie bei dem Unfall erlitten hatte, der sie fast getötet hätte. Sie war gesegnet, am Leben zu sein, und sie hatte geglaubt, mit ihrem Leben und ihren Umständen Frieden geschlossen zu haben. Doch sie hatte sich geirrt. Nachdem Jonathan ihre Beziehung beendet hatte, waren ihre Gefühle ins Trudeln geraten. Sie hatte in den letzten drei Wochen mit Schlaflosigkeit gekämpft und jeden Patienten abgelehnt, den Joyce ihr angeboten hatte.

Es ergab keinen Sinn. Sie hatte ein erfülltes Leben. Ihre Karriere als auf die Bedürfnisse von Kindern spezialisierte Physiotherapeutin war aus ihrem Unfall hervorgegangen. Weil sie wusste, dass sie keine eigenen Kinder haben konnte und weil sie seitdem eine Beinprothese gebraucht hatte, hatte sie das Bedürfnis gehabt, Kindern zu helfen. Sie konnte gut mit Kindern umgehen, besonders mit denen, die eine Prothese brauchten. Sie verstand, wie sie sich fühlten, und konnte die vielen Gefühle nachvollziehen, die sie aufgrund des Verlusts einer Gliedmaße erlebten.

Und es gab ihr ein gutes Gefühl, denn sie war auch eine Inspiration für sie, wenn sie erkannten, dass ihr Leben doch nicht zu Ende war. Sie half ihnen zu sehen, dass ihre Träume mit einer Prothese immer noch Wirklichkeit werden konnten.

Das galt nicht mehr für sie. Als sie mit Jonathans Entscheidung konfrontiert worden war, war ihr klar geworden, dass sie eine Lüge gelebt hatte.

Sie konnte keine eigenen Kinder bekommen. Sie konnte nie wissen, wie es sich anfühlte, dieses winzige, kostbare Leben in sich wachsen zu fühlen. Plötzlich war der Gedanke unerträglich.

Mit zitternden Fingern schob Amanda die Mappe mit dem, was ihr neuer Patient werden sollte, über den Schreibtisch. „Ich will –", sie hielt inne und atmete tief durch, „– ich *kann* mich in Zukunft nur noch mit Erwachsenen befassen."

Amanda konnte dem Mitgefühl in Joyce' Blick nicht länger standhalten. Sie erhob sich von ihrem Stuhl und stellte sich neben das große Fenster, von dem aus man auf die belebten Straßen von San Antonio blicken konnte. Das Gewitter, das den ganzen Morgen über der Stadt gehangen hatte, hatte endlich angefangen und tobte mit voller Wucht. Als ein greller Blitz über den Himmel zuckte, spiegelte er ihre Gefühle wider. Unmittelbar darauf folgte ein Donnerschlag. Sie holte zitternd Luft und erinnerte sich daran, dass sie so viel in ihrem Leben überwunden hatte. Sie hatte geglaubt, sie hätte alles unter Kontrolle. Was für eine Lüge das gewesen war!

„Jenny hat mir gesagt, dass sie ihren Patienten in Hill Country aufgeben muss. Der Mann von dem Flugzeugabsturz."

Joyce sah nicht erfreut aus. „Ja, das musste sie, aber das willst du nicht. Es ist –" Joyce hörte auf zu sprechen und ließ sich auf ihren Platz hinter ihrem Schreibtisch sinken, als Amanda sich vom Fenster abwandte. „Es ist ein winziges Kuhkaff, fast hundert Meilen von der nächsten größeren Stadt entfernt. Du willst nicht dorthin gehen –"

„Doch, das will ich." Sie fühlte sich krank, wusste aber, dass sie das tun musste.

„Nein, willst du nicht. Das sind drei Monate vor Ort. Du willst doch nicht –"

„Doch, ich will." Sie stellte sich ihrer Chefin gegenüber an den Schreibtisch. Wie konnte sie Joyce begreiflich machen, dass sie in einem dunklen Loch gefangen war und dass ihr dieser Patient wie ein Lichtblitz vorkam, der ihr den Weg zur Flucht zeigte? Eine Rettungsleine, die ihr gezeigt worden war. „Ich muss das machen. Das ist genau das, was ich brauche."

„Aber", begann Joyce. Sie sahen einander einen langen Moment an und Amanda war sich fast sicher, dass Joyce in Amandas verletztes Herz sehen konnte.

„Gib mir die Chance", drängte sie sie. „Du weißt, dass ich das kann."

Ein weiterer langer Moment verging. „Sie wollen jemanden mit mehr Erfahrung."

„Ich habe genug Erfahrung."

„Weißt du –" , murmelte Joyce nachdenklich, während sie mit den Fingern auf die Armlehne ihres Stuhls trommelte. „Du könntest tatsächlich perfekt für diesen Job sein. Die anderen Brüder haben gesagt, sie fürchten, ihr Bruder ist depressiv. Du könntest ihm vielleicht helfen. Du weißt, wie das ist."

Ja, das wusste sie. Es war etwas, wogegen sie ankämpfte, denn sie wollte nicht, dass es ihr noch einmal passierte. Dieser Patient gab Amanda einen Hoffnungsschimmer. Ihr Herz pochte schneller, und die

Enge in ihrer Brust ließ nach, als Joyce nach einer Akte griff, die ganz oben auf dem Stapel auf ihrem Schreibtisch lag. Eine Akte mit der Aufschrift *Wyatt Turner*.

„Ich hätte den Job ablehnen müssen, weil Jenny ihn nicht machen konnte. Du weißt, wie ich es hasse, das zu tun. Aber bist du sicher, dass du das willst? Ich fühle mich wohl mit der Vorstellung, dass du das übernimmst. Ich will nur wissen, dass dein Gemütszustand … dass du okay bist."

Drei Monate in einem winzigen Ort fernab von allem zu verbringen, war genau das, was Amanda brauchte. Ihre Augen schmerzten von ungeweinten Tränen der Erleichterung. „Ich bin sicher." Sie hatte nicht mehr beten können, seit Jonathan ihre Verlobung gelöst hatte, doch jetzt betete sie, dass sie diesen Patienten übernehmen konnte.

„Wyatt Turner ist ein wohlhabender Mann", sagte Joyce schließlich. „Er kann es sich leisten, eine Vollzeit-Physiotherapeutin einzustellen, die ihm den ganzen Tag hilft, wenn er das will, und das tut er auch. Du wirst nicht nur für seine tägliche Therapie verantwortlich sein, sondern ihm auch bei anderen Dingen helfen, die er vielleicht braucht – so etwas wie seine persönliche Assistentin sein oder kochen, wenn er das will. Es ist ein seltsamer Job, doch die Bezahlung ist ausgezeichnet, und ich habe seinen beiden Brüdern versprochen, dass ich den perfekten Therapeuten für ihn finden oder auf den Auftrag verzichten würde."

„Nicht nötig. Es klingt wunderbar –"

Joyce hob eine Hand. „Nicht so schnell. Seine Brüder haben gesagt, dass Wyatt mit seinen Verletzungen ungeduldig ist und wahrscheinlich nicht der einfachste Patient sein wird, mit dem man arbeiten kann. Er ist ein Überflieger und ein ziemlich einflussreicher Mann in seinem Job, also wird er wahrscheinlich anspruchsvoll sein. Bist du dir absolut sicher, dass du damit klarkommst?"

„Ich kann damit umgehen."

„Warum nimmst du dir nicht seine Akte mit und liest sie sorgfältig durch, bevor du dich zu irgendwas verpflichtest?"

Amanda musste die Akte nicht lesen. Sie wusste, dass sie in der Lage war, diesen Mann wieder auf die Beine zu bringen. Er könnte anspruchsvoll sein und er würde, was sie tat, wahrscheinlich als selbstverständlich betrachten. Doch sie konnte ihm helfen, und er würde ihr helfen, indem er sie aus San Antonio wegbrachte.

„Ich kann das." Sie begegnete Joyce' Blick mit entschlossenen Augen.

Joyce musterte sie eingehend und wog die Entscheidung eindeutig von allen Seiten ab. „Dann gehört er dir", sagte sie schließlich. „Ich werde seine Brüder wissen lassen, dass du am Montag da sein wirst."

Amandas Herz raste vor der ersten wirklichen Erregung, die sie verspürt hatte, seit Jonathans Worte ein Loch in ihr Herz gerissen hatten. „Danke", brachte sie heraus.

„Honey, ich bete, dass du, während du dort bist, erkennen wirst, dass nichts von dem, was Jonathan gesagt hat, wahr ist."

Amanda wusste, dass es nicht so leicht sein würde, die Leere zu vertreiben, die sie erfüllte. Es war weit mehr als Jonathans Worte. Es war, als hätten sie lang eingeschlafene Wünsche geweckt, die sie als junges Mädchen nicht hatte haben können, nachdem ihr gesagt worden war, dass es in ihrer Zukunft keine eigenen Kinder geben würde. Da sie so jung war, war der Verlust eines Beins verheerender als die nebulöse Vorstellung, unfruchtbar zu sein. Doch es war anders, wenn ein Mann einer erwachsenen Frau sagte, er könne sie nicht heiraten, weil er Kinder wollte, die sie ihm nicht geben konnte. Es hatte eine Wunde aufgerissen, von der sie nicht gewusst hatte, dass sie da gewesen war.

Sie schob diesen Gedanken beiseite und konzentrierte sich jetzt auf den positiven Moment. „Ich muss einfach weg und wieder einen klaren Kopf bekommen", sagte sie, doch sie fürchtete, selbst das würde die Leere und den Verlust, die ihr Herz jetzt frisch und neu quälten, nicht beseitigen. „Bitte mach dir keine Sorgen. Ich komme schon mit ihm klar."

„Dann gehört er dir. Ich habe gehört, dass dieses Mule Hollow eine hübsche kleine Stadt ist, auch wenn sie abseits der ausgetretenen Pfade liegt. Weißt du, was das für eine Stadt ist?"

Wegen der Erinnerungen und Hoffnung in ihrem Kopf hatte sie nicht einmal den Namen der Stadt wahrgenommen. Jetzt schüttelte sie den Kopf.

„Es ist die, die vor ein paar Jahren eine Anzeige geschaltet hat, um Frauen zum Heiraten für ihre einsamen Cowboys anzulocken", sagte Joyce. „Soweit ich weiß, gibt es dort jetzt Cowboys, einen Haufen neue Frauen und Babys. Aber du solltest wissen, dass die Ranch von Mr. Turner mehrere Meilen außerhalb liegt, sodass du möglicherweise nicht so sehr in das Geschehen im Ort involviert wirst."

„Ich kann damit umgehen." Amanda brauchte Luft und Platz zum Atmen und Denken. „Ich werde schon klarkommen." Sie wollte im Moment an nichts denken, nicht an den Herzschmerz, der ihr Leben lang an ihr genagt hatte, oder an die Verluste, die sie erlitten hatte. Oder Jonathan. Sie musste einfach weg und sich auf ihre Arbeit konzentrieren. Und vielleicht würde sich irgendwann während dieser Zeit dieses Gefühl der völligen Leere und Wertlosigkeit aus ihrem Herzen lösen.

Vielleicht könnte sie in dieser kleinen Stadt, auf

dieser großen Ranch und in diesem offenen Raum wieder emotional Fuß fassen.

Wyatt Turner warf seinen Brüdern Cole und Seth einen finsteren Blick zu. „Mein Körper ist kaputt, nicht mein Verstand." Der Rollstuhl, zu dem er für die nächsten Wochen verurteilt worden war, fühlte sich an wie ein Zementblock, der um seine Taille gekettet war. Vor drei Wochen war er im Krankenhaus aufgewacht und hatte das Glück gehabt, noch am Leben zu sein – und dass er seine Beine noch hatte. Seit diesem Moment hatte er darum gekämpft, Frieden mit der Wut zu schließen, die er empfand.

Vor vier Tagen war er mit dem Hubschrauber zur Ranch geflogen worden, die ihm und seinen Brüdern gehörte, und er war bemuttert und umsorgt worden von seinen Brüdern, deren Frauen und den Ladys von Mule Hollow – die entschieden hatten, dass Essen die richtige Antwort war auf seine Probleme – bis zu dem Punkt, an dem ihm fast schlecht geworden war. Er liebte sie alle, doch genug war genug. Er wollte nur in Ruhe gelassen werden. Musste allein sein.

Aus diesem Grund bekamen seine Brüder einen Großteil seiner schlechten Laune ab.

Vor einem Monat hatte ihm die Welt offengestanden. Er hatte alles unter Kontrolle gehabt. Er hatte es geschafft, seine jüngeren Brüder mit guten Frauen zu verheiraten, und er konnte sich darauf verlassen, dass er seine Eltern stolz gemacht hatte. Seine Brüder waren glücklich, und das hatte ihn glücklich gemacht. Doch dann war er mit seinem Flugzeug abgestürzt, und das hatte seine Welt auf den Kopf gestellt. Die Dummheit seiner Aktionen nagte an ihm genauso wie die Konsequenzen.

Sein mittlerer Bruder Seth sah ihn mit Engelsgeduld an und sagte: „Wir sind nicht so sicher, ob dein Verstand funktioniert. Der lebenslustige Bruder, den wir kennen und lieben, sitzt in diesem abgedunkelten Haus und sieht aus, als hätte er seit Tagen nicht geduscht.“

„Seth –“, knurrte Wyatt, doch Cole, sein jüngster Bruder, mischte sich ein.

„Wir lieben dich, Bruder, und du weißt, dass du aus dieser Stimmung rauskommen musst. Du wirst nicht lange in diesem Ding sitzen.“

„Hört zu, ihr zwei, geht arbeiten und lasst mich in Ruhe. Ich meine es ernst.“ Er hatte vor drei Wochen seinen Sinn für Humor verloren.

Cole hob seine Hände und lächelte schief, was normalerweise alle zum Lächeln brachte. „Wir gehen ja schon“, sagte er. „Kein Grund, dich so aufzuregen. Diese Laune ist einer der Gründe, warum wir uns Sorgen um dich machen.“

Wyatt zog eine Augenbraue hoch, als ein stechender Schmerz durch seine linke Hüfte und in seine untere Wirbelsäule schoss. Er krallte seine Hände um die Armlehne des Rollstuhls und zwang sich, seinen Schmerz nicht zu zeigen.

„Ich werde nicht lange hier sein", sagte er und versuchte, nicht die Zähne zusammenzubeißen. „Ihr müsst aufhören, euch Sorgen um mich zu machen. Ich bin ein erwachsener Mann." Der eine Fehlentscheidung mit schlimmen Konsequenzen getroffen hatte.

„Cole, lass uns ihm ein bisschen Raum geben." Seth ging zur Tür. „Aber Wyatt, was auch immer du tust, vertreib' uns Amanda Hathaway nicht. Ja, du willst allein sein, aber denk daran, dass du sie brauchst. Und die Agentur hat gesagt, sie ist die perfekte Person für den Job."

„Ja, also gib ihr eine Chance", sagte Cole. „Vergiss nicht, dass Mule Hollow weit vom nächsten Reha-Zentrum entfernt ist. Es war nicht einfach, einen Physiotherapeuten zu finden, der bereit ist, hier rauszukommen und drei Monate hier zu leben."

„*Und* du kannst deine Therapie nicht allein machen", fügte Seth ernst hinzu. „Diesmal nicht. Nicht einmal du, Wyatt."

Das hatte er laut und deutlich verstanden.

„So stur wie du bist", fügte Cole hinzu, als Wyatt schwieg, „und so ehrgeizig, sind wir uns sicher, dass du in Rekordzeit wieder durch die Weltgeschichte reisen wirst. Mit dem richtigen Physiotherapie-Programm. Also hör auf, dir Sorgen zu machen – und wir wissen, dass du das tust. Das kannst du nicht vor uns geheim halten. Genauso wie du die Tatsache nicht verbergen kannst, dass du gerade üble Schmerzen hast."

„Mir geht's gut", blaffte Wyatt, als der Krampf etwas nachließ. Sie kamen und gingen nach Belieben, und er begann sich zu fragen, ob sich eine Frau so fühlte, wenn die Wehen einsetzten … wenn ja, war es ein Wunder, dass Kinder geboren wurden. „Schau", sagte er. „Ich brauche euch zwei Esel nicht, die versuchen, sich in mein Leben einzumischen –"

„Oh Mann, das hast du nicht gerade gesagt!", johlte Cole, und seine Augen tanzten, als er Wyatt ungläubig anstarrte. „Du, der Meister der Einmischung –"

„Nicht, dass wir uns beide beschweren würden", warf Seth grinsend ein. „Du hast uns beide mit unseren Frauen zusammengebracht, und wir sind dir unendlich dankbar dafür. Aber du bist gerade nicht du selbst, Wyatt. Nicht seit dem Unfall. Wir müssen dir helfen, da wieder rauszukommen, und ich weiß, es ist nicht angenehm für dich, die Kontrolle über alles verloren zu haben."

Seths ernster, entschlossener Blick traf auf Wyatt. Er wusste, dass Seth sich nicht bewegen würde, wenn er diesen Blick hatte – er war ein echter Turner, stur wie ein Esel. Es war wahr, dass er deprimiert war, aber das war nur zu erwarten gewesen. Er hatte seine Mandanten und seine Kanzlei im Stich gelassen, weil er nachlässig gewesen war … und Nachlässigkeit war für ihn nicht akzeptabel.

„Ich hätte nach Dallas zurückgehen sollen, damit ihr euch keine Sorgen machen müsst –"

„Nein, hättest du nicht", entgegnete Seth nachdrücklich. „Wir lieben dich und wollen das Beste für dich. Eine Therapie hier draußen auf dem Land, das du liebst, ist der beste Weg, dich wieder auf die Beine zu bekommen."

„Und das ist alles, was wir wollen. Dass du wieder gesund wirst", fügte Cole ernst hinzu. Allein das sagte Wyatt, wie besorgt sie um ihn waren. „Du brauchst nur jemanden, der dir hilft, die Beweglichkeit in deiner Hüfte und deinem Arm zurückzubekommen. Dann wirst du wieder ganz der alte Überflieger sein. Wenn einer von uns an deiner Stelle wäre, würdest du genau dasselbe für uns tun, und das weißt du."

Das war die Wahrheit. Er hätte sich in ihr Leben eingemischt, bis er die beste Lösung für sie gefunden hätte. „Mir geht's gut", brummte er und mochte es nicht, die Kontrolle über sein Leben verloren zu haben. Es war ein Gefühl, das er noch nie zuvor erlebt hatte, und er kam nicht gut damit zurecht.

„Ja, das wird es, wenn die Physiotherapeutin

erstmal mit dir arbeitet. Und wo wir gerade von Arbeit sprechen, da gehen wir jetzt hin." Seth ging zur Tür hinaus.

Cole schlenderte hinter ihm her, blieb aber in der Tür stehen. „Halt durch, großer Bruder!"

Durch das Fenster sah Wyatt ihnen nach, als sie gingen. Ihre Stiefel klapperten laut, als sie über die Holzveranda und die zwei Stufen hinunter zum gepflasterten Gehweg eilten, der zum Parkplatz führte, auf dem sie zuvor den Ranchtruck geparkt hatten. Er erinnerte sich daran, dass seine kleinen Brüder sich nur um ihn kümmerten, weil sie ihn liebten. Trotzdem passte ihm nicht, dass sie ihm die Kontrolle genommen hatten. Die Kontrolle über sein Leben an irgendjemanden abzugeben war nicht etwas, das er gern tat … doch es schien, als hätte er keine andere Wahl. Wenn er sein Leben zurückhaben wollte, musste er mit dieser Amanda Hathaway arbeiten.

Seth und Cole hätten niemanden eingestellt, der nicht dazu in der Lage war, versicherte er sich eine Stunde später, als ein roter Geländewagen über den Weiderost fuhr.

Er hatte im Haus das Gefühl gehabt, ersticken zu müssen, und hatte seinen Rollstuhl auf die Veranda gefahren. Er wartete, während eine Frau aus dem Fahrzeug stieg. Sie war jung, etwa zwanzig. Nein, sie musste um vierundzwanzig oder fünfundzwanzig sein, um einen Abschluss in Physiotherapie und ein bisschen Erfahrung zu haben. Sie hatten gesagt, sie sei gut in ihrem Job … kaum zu glauben, wenn sie so jung war, wie er vermutete.

Sie schien sich unbehaglich zu fühlen, als sie eine Strähne ihrer feinen braunen Haare hinter ihr Ohr strich und in seine Richtung blickte. Dass ihr unbehaglich zumute war, gab ihm nicht mehr Vertrauen in sie als ihr junges Alter.

Wyatt kniff die Augen zusammen, als sie den Weg zum Haus hinaufkam. Das war doch nicht die Frau, der er sein Vertrauen schenken sollte? Wenn für die nächsten zwei oder drei Monate jemand auf dem Gelände leben würde, der in seine Privatsphäre eindringen und ihm sagen würde, was er tun solle, erwartete er jemanden, der so aussah, als könnte er die Arbeit erledigen, für die er eingestellt wurde. Sein Zorn eskalierte mit jedem Schritt, den sie sich auf ihn zubewegte.

Sie war mittelgroß und zierlich – sie könnte ihm auf keinen Fall beim Ein- und Aussteigen aus dem Rollstuhl helfen. Am Fuß der Treppe blieb sie stehen. Aus der Nähe war es noch schlimmer. Sie hatte das frische Gesicht eines Kindes, was durch die vielen Sommersprossen und die großen Rehaugen noch verstärkt wurde, die ihn mit etwas ansahen, das er nur als Angst deuten konnte. Seth und Cole waren so gut wie tot!

„Wer sind Sie?", fragte er, bevor sie Zeit hatte, etwas zu sagen.

„Ich – nun, ich bin Amanda. Amanda Hathaway."

Das war ein Witz. Es musste so sein. Er war berüchtigt dafür, seinen Brüdern Streiche zu spielen. Das wäre typisch für die beiden, sich jetzt dafür zu revanchieren. Doch er wusste, dass es nicht sein konnte. Nicht einmal sie würden jetzt so eine Nummer abziehen.

Nein. Das war die Frau, der er die Kontrolle überlassen sollte – die Frau, der er seine Zukunft anvertrauen sollte.

Sicherlich nicht.

Ungeachtet dessen, was seine kleinen Brüder dachten, konnte er immer noch eigene Entscheidungen treffen, und er würde damit anfangen, dieser Amanda Hathaway zu sagen, dass sie nicht bleiben würde.

KAPITEL ZWEI

Wyatt Turner passte nicht in diesen Rollstuhl. Es sah einfach nicht richtig aus.

Das war der erste Gedanke, der Amanda gekommen war, als sie ihn auf der Veranda gesehen hatte. Ihr Selbstvertrauen war ins Wanken geraten, als sie die drei Stunden nach Mule Hollow gefahren war – nicht überraschend, da sie sich nicht wie sie selbst gefühlt hatte. Mr. Turner zu sehen half auch nicht gerade. Er war ein körperlich äußerst fitter Mann mit einer breiten Brust und der schlanken Statur eines Menschen, der es gewohnt war, zu trainieren. Ein Mann, der auf sich achtete – obwohl sie das bereits von ihm vermutet hatte. Joyce hatte gesagt, er sei eine Spitzenkraft, ein ehrgeiziger Leistungsträger. Wenn das stimmte, würde es ins Profil passen, dass er sich körperlich fit hielt.

Er sah gut aus – oder würde gut aussehen, wenn er

nicht so wütend dreinblicken würde. Er hatte schwarzes, welliges Haar und markante Gesichtszüge, einschließlich eines starken Kiefers, der im Moment von einem Stoppelbart dunkel gefärbt war. Es waren jedoch nicht sein Aussehen und seine Figur, die sie dazu veranlassten, ihre Hand nervös über ihr fliegendes braunes Haar zu streichen. Nein, es waren seine Augen. Hart, intensiv kobaltblau wurden sie schmaler und kälter, als sie sie betrachteten. Das waren die allsehenden Augen eines Mannes, der seinen Lebensunterhalt damit verdiente, Menschen zu lesen. Wahrscheinlich war er gut darin, seine Gedanken unter Verschluss zu halten. Er sah aus, als würde er eine Person oder eine Jury nur das sehen lassen, was er sie sehen lassen wollte.

Amanda redete sich Mut zu. Sie musste nicht zweimal hinsehen, um zu wissen, dass er nicht glücklich darüber war, im Rollstuhl zu sitzen. Wahrscheinlich war er es nicht gewohnt, Hilfe zu brauchen.

Trotz ihrer Entschlossenheit, diesen Job zu übernehmen, flatterte Amandas Herz vor Sorge, und sie fragte sich, ob sie einen Fehler gemacht hatte, als sie gekommen war.

Kein Fehler.

Die Intensität dieses Mannes könnte ihre Rettung sein. Wenn er so anspruchsvoll war, wie sie annahm, würde das bedeuten, dass er all ihre Zeit hier in

Anspruch nehmen würde.

Und das war genau das, was sie jetzt brauchte.

„Tut mir leid, dass ich ein bisschen spät dran bin. Ich hatte gehofft, vor dem Mittagessen hier zu sein, aber der Verkehr auf der I-35 war mörderisch."

„Wie alt sind Sie?"

Seine Frage traf sie unvorbereitet und gebot jedem Smalltalk Einhalt. „Ich bin vierundzwanzig."

„Seit wann sind Sie Physiotherapeutin?"

Okay, er hatte ein Recht darauf, diese Dinge zu erfahren. Doch er hatte noch nicht einmal Hallo gesagt. „Seit zwei Jahren. Ich habe die Highschool vorzeitig abgeschlossen und bin zwei Jahre früher aufs College gegangen. Ich habe Erfahrung, Mr. Turner, falls Sie sich darüber Sorgen machen." Die Erkenntnis, dass er sie vielleicht nicht hier haben wollte, traf sie.

„Sie haben Ihren Abschluss zwei Jahre früher gemacht?"

Sie hörte das Erstaunen in seiner Stimme. „Wie ist es dazu gekommen?"

„Ich hatte einen Unfall und wäre fast gestorben, als ich vierzehn war. Ich konnte nicht am Unterricht teilnehmen." Es hätte keine große Sache sein sollen, doch die Tatsache, dass er noch nicht ein freundliches Wort gesagt hatte, irritierte sie. Sie nahm an, dass er sie verhören würde, bis er mit ihren Antworten zufrieden war. Sie hob ihr Kinn, verlagerte ihr Gewicht auf ihr gesundes Bein und lächelte. „Ich wurde von einem betrunkenen Autofahrer angefahren. Ich war Läuferin im Cross-Country-Team und bin in der Nähe unseres Hauses gelaufen. Ich … Wie ich schon sagte, ich wäre fast gestorben. Meine Eltern haben mich danach zu Hause unterrichtet. So konnte ich mein Tempo selbst wählen. Ich entschied, dass ich schnell lernen wollte."

Sie sah das überraschte Aufflackern in seinen dunklen Augen – gut, sie hatte vorgehabt, eine Reaktion aus ihm herauszukitzeln. Er wusste, dass er fast gestorben wäre und sicherlich da nachhaken würde. Es war offensichtlich, dass er streitlustig war. Wut war in seiner Situation keine Seltenheit. Sie vermutete, dass er wahrscheinlich überwältigt gewesen war, als er herausgefunden hatte, dass er nicht unbesiegbar war. Überflieger wie er dachten oft, sie seien unantastbar. Dass sie alles im Griff hatten und nichts schiefgehen konnte. Sie hatte Neuigkeiten für ihn – das passierte den Besten. Einschließlich ihr.

Das Leben war nicht kontrollierbar. Zumindest nicht ganz.

„Hören Sie, es tut mir leid, aber das wird nicht funktionieren."

„Was meinen Sie damit, das wird nicht funktionieren?" Sicherlich meinte er nicht das, was sie fürchtete.

Sein Gesicht verhärtete sich noch mehr – wenn das

überhaupt möglich war – und er schob sein Kinn vor. „Genau, was ich gesagt habe, Miss Hathaway. Meine Brüder und Ihr Arbeitgeber wussten, dass ich für diesen Job einen vollwertigen, hochqualifizierten Physiotherapeuten erwarte. Es tut mir leid, dass Sie den ganzen Weg hierhergekommen sind, aber Zeit ist ein Luxus, den ich nicht habe, und darum kann und will ich keine Zeit verschwenden."

„Mr. Turner, ich bin vielleicht jung, aber ich bin sehr wohl in der Lage, diese Arbeit zu machen. Ich wäre nicht gekommen, wenn dem nicht so wäre. Sie haben meinen Lebenslauf gelesen, da bin ich mir sicher."

„Nicht wirklich. Meine Brüder haben sich darum gekümmert."

„Nun, dann sollten Sie vielleicht wissen, dass ich einen Großteil meiner Arbeit mit Kindern und Jugendlichen verbringe. Doch das ändert nichts an der Tatsache, dass ich sehr wohl qualifiziert bin, Ihren Fall zu bearbeiten." Genauso wenig wie die Tatsache, dass ihr ein Bein fehlte, doch offensichtlich hatten sich seine Brüder entschieden, ihm das nicht zu sagen, und sie mussten ihre Gründe gehabt haben, also sagte sie auch nichts.

„Das ändert nichts." Seine Miene war ausdruckslos. „Ich werde dafür sorgen, dass Sie für Ihre Anfahrt hierher entschädigt werden. Das wird nicht funktionieren."

Amanda sah schockiert zu, als er mit den Fingern des Arms, der nicht in einer Schlinge hing, den Joystick seines Rollstuhls bediente und ihn zur offenen Tür lenkte.

„Die Agentur, für die ich arbeite, hat keinen anderen Therapeuten verfügbar." Sie hoffte, dass etwas seine Meinung ändern würde; offensichtlich hatte sie nichts zu bieten, dass das konnte. „Dass Sie hier draußen so weit vom Schuss leben ist ein großes Problem, wenn es darum geht, einen guten Therapeuten zu finden. Und ich bin gut. Sind Sie sicher, dass Sie es nicht noch einmal überdenken wollen?" Sie hatte nicht damit gerechnet, dass sie abgewiesen werden würde.

Er blieb an der Tür stehen und warf ihr einen finsteren Blick zu – dieser Blick brachte sie von fassungslosem Unglauben zu echter Gereiztheit. *Dieser Mann ist wirklich unvernünftig.* Natürlich hatte sie keine Ahnung, was in seinem Kopf vorging, erinnerte sie sich. Vielleicht war er immer so. Junge, wäre das eine unangenehme Art, durchs Leben zu gehen. Als sie ihn jedoch ansah, sagte ihr etwas, dass er sonst nicht so war. Etwas sagte ihr, dass er kämpfte. Und in diesem Moment sah sie den Schmerz in seinen Augen. Er zuckte zusammen und verlagerte sein Gewicht von seiner linken Seite weg, von der sie wusste, dass seine Verletzung an Hüfte und unterem Rücken dort ihre Aufmerksamkeit erforderte.

„Ich bin mir sicher", sagte er, seine Worte waren fast ein Grunzen, doch er hielt durch und überspielte die Tatsache, dass er einen Krampf hatte, recht gut.

Selbst unter Schmerzen war er stur, obwohl Amanda keinen Zweifel an seiner Aufrichtigkeit hatte. Sie konnte sehen, dass er seine Meinung nicht ändern würde. Sie wusste aus seinem Profil, dass er es wahrscheinlich auch gewohnt war, seinen Willen zu bekommen, alles auf seine Art zu tun, und höchstwahrscheinlich in der Lage war, alles zu kaufen, was er brauchte, um das zu verwirklichen. Das konnte sehr gut von Anfang an zum Scheitern verurteilt sein – ihn zu bitten, sie zu behalten, war keine Option, die für ihn funktionieren würde, egal wie sehr sie bleiben wollte.

„Dann war's das wohl." In vielerlei Hinsicht entmutigt kämpfte sie darum, rational zu denken – etwas, womit sie in letzter Zeit ein kleines Problem hatte. Ihr Magen beschloss, einzugreifen und ihr zu helfen, indem sie ein langes, langgezogenes Knurren ausstieß. Es brach die unangenehme Stille, die sich zwischen ihr und Wyatt ausbreitete. Das war eine Möglichkeit, ihr Treffen zu beenden: Essen. Es könnte ihr helfen, sich neu zu orientieren. Sie hatte im Stau gestanden und war spät dran gewesen, also hatte sie sich keine Zeit genommen, zum Mittagessen anzuhalten.

„Gibt es irgendwo in der Stadt einen Laden, wo ich

was essen kann?", fragte sie und bemühte sich, ihren Ton neutral zu halten.

Er war ins Haus zurückgefahren und hatte den Stuhl umgedreht – wahrscheinlich, um ihr die Tür vor der Nase zuschlagen zu können. Er runzelte konsterniert die Stirn, als er sie durch die Fliegengittertür anstarrte. Einen Moment lang fragte sie sich, ob er erwartet hatte, dass sie ihn um den Job anbetteln würde. Sie brauchte diesen Job, um sich von ihren eigenen Problemen abzulenken, doch sie würde niemals betteln. Er musste erkennen, dass *er* sie brauchte. Sicherlich wusste er, wie dringend seine Verletzungen behandelt werden mussten, um bleibende Schäden zu vermeiden. Die Rekonvaleszenz würde sich nur verlängern, wenn er jemandem suchen musste, um sie zu ersetzen. *Die Zeit drängt,* wollte sie sagen – doch er war ein kluger Mann, also wusste er das selbst.

„Sam's Diner ist das einzige Restaurant in der Stadt. Ist nicht zu verfehlen."

Sie hielt seinem Blick stand und forderte ihn fast heraus … zu jeder anderen Zeit, aber nicht heute. „Danke", sagte sie und wandte sich zum Gehen.

Sie würde essen und dann Joyce anrufen. Wenn jemand das in Ordnung bringen würde, wäre es Sache ihrer Chefin. Mit aufrechter Haltung ging sie zurück zu ihrem Fahrzeug. Tief in ihrem Herzen hoffte sie, dass Wyatt es sich noch einmal überlegen und sie aufhalten würde, bevor sie wegfuhr … doch sie wusste, dass er es nicht tun würde.

Wyatt Turner war kein Mann, der seine Meinung änderte. Er war auch nicht der Einzige hier, der gut darin war, Menschen zu lesen. Es war eine Eigenschaft, die sie nach dem Unfall gelernt hatte, als sie Krankenschwestern und Ärzte und ihre Eltern beobachtete, wenn sie ihr niederschmetternde Nachrichten überbrachten. Es hatte sich in ihrem Beruf als nützlich erwiesen, da sie die Bedürfnisse und Anzeichen von Schmerzen ihrer Patienten erkennen gelernt hatte.

Es war eine Schande, dass es ihr jetzt absolut nichts nützte … andererseits war sie vielleicht doch nicht so gut darin, wie sie gedacht hatte. Sie hatte auch Jonathan so falsch gelesen, wie man jemanden nur lesen konnte.

Oder vielleicht auch nicht. Vielleicht hatte sie sich in ihrer Beziehung nur eingebildet, was sie hatte sehen wollen.

Sie stieg in ihr Auto, schnallte sich an und warf einen verstohlenen Blick zum Haus. Er beobachtete sie … und er rieb sich die Hüfte, weil er glaubte, dass sie nicht hinsah. Sei's drum. Sie ließ den Motor an und fuhr davon. Während sie zusah, wie das Haus in ihrem Rückspiegel verschwand, fühlte sie sich so verloren wie seit Ewigkeiten nicht mehr. Was würde sie tun?

Die Gefühle, die sie hatte verdrängen können, als

sie hierhergefahren war, drängten sich wieder um sie herum.

In den frühen Tagen hatte ihr die Arbeit mit Kindern etwas gegeben, auf das sie sich konzentrieren konnte, außer auf sich selbst. Jetzt hatte sie nicht einmal mehr diesen Trost. Sie fühlte sich wie in einem unsicheren Schwebezustand.

Sie klammerte sich an den Glauben, dass sie ihren Weg finden würde, doch im Moment gab ihr das wenig Trost.

Als sie auf den Highway auffuhr, wanderten ihre Gedanken zu Wyatt Turner, und sie fragte sich, ob er sich auch so fühlte. Wenn dem so war, hatte er ihr Mitgefühl. Auch wenn er sie gerade gefeuert hatte.

Wyatt musste raus aus diesem Rollstuhl.

Er musste raus, bevor er verrückt wurde. Es musste passieren und das eher früher als später.

Es würde passieren – er würde dafür sorgen, dass es so schnell wie möglich geschah. Etwas an Amanda Hathaway störte ihn. Sie hätte seinen Fortschritt nur verlangsamt.

Sie zu feuern war seine einzige Option gewesen. Was hätte er tun sollen? Sie war dem Job nicht gewachsen, das war offensichtlich.

Es ärgerte ihn, dass er sie nach ihrem Aussehen

beurteilt hatte, doch er hatte keine Zeit für Weichheit. Er war nicht dahin gekommen, wo er im Leben war, indem er weich war. Fakt war, dass sie nicht stark genug sein konnte – sie war klein und jung.

Auf keinen Fall würde sie das anstrengende Training so bewältigen können, wie er es erwartete und brauchte. Und sie hatte mit Kindern gearbeitet! Mit Kindern! Was hatten sich Cole und Seth dabei gedacht?

Sie hatten betont, wie wichtig seine Physiotherapie war, und doch hatten sie diese lächerliche Wahl getroffen.

Seine Ärzte hatten ihm versichert, dass er sich vollständig erholen würde, doch nur mit harter, gewissenhafter Arbeit. Er war niemand, der aufgab – das war er nie gewesen, doch diese körperliche Behinderung hatte seine Welt auf den Kopf gestellt. Jedes Mal, wenn sich seine Hüfte und sein Rücken verkrampften, fühlte er sich schwach … das heißt, wenn er sich nicht unter Kontrolle hatte und es zuließ. Wenn er nicht absolut so hart arbeitete, wie er sollte, bestand die Möglichkeit, dass er immer unter Schmerzen im unteren Rücken leiden würde.

Er war bereit zuzugeben, dass er tief im Inneren Angst hatte. Wenn er lockerließ, wenn er auch nur den kleinsten Fehler machte, würde er nicht so stark und gesund daraus hervorgehen, wie er es gewesen war, bevor er mit seinem dummen Fehlurteil alles vermasselt hatte, als er sich dazu entschlossen hatte, sein Flugzeug unter unsicheren Bedingungen fliegen.

Das war das Schlimmste – wie schwach er sich fühlte. Und, als wollte er ihm zeigen, wer der Boss war, schoss der Schmerz erneut durch die linke Hüfte in seinen unteren Rücken. Diesmal war der Schmerz so stark, dass er stöhnte, bevor er es unterdrücken konnte. Schweiß perlte auf seiner Stirn, als er vor Schmerz das Gesicht verzog. Er schloss die Augen, zählte bis zehn und zwang seine Muskeln, sich zu entspannen. Doch seine Anspannung verschlimmerte den Krampf.

Schwer atmend versuchte er, sich zu entspannen und den Schmerz auszusitzen. *Was, wenn ich nicht wieder so werden kann, wie ich war?* Die Frage schnitt durch ihn wie ein Messer in eine Wunde.

Drei endlose Wochen waren vergangen, seit er mit seinem zweimotorigen Flugzeug während eines Sturms auf einer Weide abgestürzt war. Es war auf dem Rückweg nach Dallas passiert, kurz nachdem er Mule Hollow verlassen hatte. Er hatte sich Zeit genommen, die er nicht gehabt hatte, um nach Hause zu fliegen und Cole zu seiner Verlobung zu gratulieren. Da er Cole und Susan zusammengebracht hatte, wollte er einen Tagesausflug machen und die Freude des Augenblicks mit ihnen teilen. Wenn er auf sein Bauchgefühl gehört hätte – was in der Regel richtig war – und über Nacht geblieben wäre, sich die Zeit genommen hätte, den

Moment mit ihnen wirklich zu genießen, wäre ihm nichts passiert. Doch den Moment zu genießen war nicht etwas, das er tat. Stattdessen war er mitten in gefährlichen Winden und einem schweren Gewitter losgeflogen. Er war arrogant genug gewesen zu glauben, er könne mit dem Sturm fertigwerden. Was für eine Dummheit.

Wie war er auf die Idee gekommen, dass er alles kontrollieren konnte?

Er hatte die Tür nicht geschlossen, nachdem er Amanda beim Wegfahren hinterhergeblickt hatte, und jetzt starrte er über das Land, das seit über hundertfünfzig Jahren im Besitz seiner Familie war. An diesem Ort waren seine Wurzeln tief, und durch das Beispiel seiner Vorfahren war er zu dem Mann geworden, der er war.

Gewohnt zu sein, die Kontrolle zu haben, war eine gute Sache, erinnerte er sich. Es hatte ihn dorthin getrieben, wo er in seiner Karriere als Anwalt stand. Es würde ihn auch durch diese Situation bringen. Er holte noch einmal tief Luft und begann sich zu entspannen, als sein Geist klarer wurde und der Schmerz nachließ.

Gutes Blut floss durch seine Adern. Fleißiges, aufrichtiges – na ja, abgesehen von seinem Ur-Ur-Ur-Ur-Großvater Oakley, dass der aufrichtig gewesen war, war zweifelhaft. Im Großen und Ganzen waren die Turner-Männer und -Frauen hart. Vergangene

Generationen hatten über dieses Land geblickt, das Postkutschen auf ihrem Weg zu der alten Postkutschenstation durchquert hatten. Wie dieses Haus hatten auch seine Vorfahren den Test der Zeit bestanden, und er würde es auch tun.

Seine Brüder hatten recht gehabt, ihn nach Hause zu bringen.

Dieser Ort hatte seiner Seele immer gutgetan.

Zwei Monate. Er würde sich erholen, und er würde zu seiner Arbeit zurückkehren. Er würde sich nicht wieder von lähmenden, unproduktiven Gedanken herunterziehen lassen. Er hatte zu nichts Lust gehabt, außer in diesem Stuhl zu sitzen und sich selbst zu bemitleiden. Es war nichts, was er verstand oder wollte, doch genau das war passiert. Er schlief nicht, und seine Launen ärgerten ihn. Doch in letzter Zeit hatte er nichts dagegen tun können. Cole und Seth hatten es gewusst und Maßnahmen ergriffen, als er es nicht wollte. Ihr Eingreifen hatte ihm geholfen – ihn genug erschüttert, um zu kämpfen … und kämpfen war das, was er tun musste.

Er musste handeln.

Er brauchte einen Therapeuten, der ihm helfen konnte, sein Ziel zu erreichen. Die zarte Amanda Hathaway mit dem süßen Gesicht war dieser Herausforderung nicht gewachsen.

Trotzdem konnte selbst er nicht umhin, zu bewundern, wie sie mit erhobenem Haupt gegangen war.

KAPITEL DREI

So miserabel Amanda sich auch fühlte, der Anblick von Mule Hollow machte sie munter, sobald es über den Horizont spähte. Wow, es war herzallerliebst! So süß mit seinen bunten Häusern, den einladenden Blumentrögen entlang der Bürgersteige und den Blumenkästen. Als sie die Hauptstraße hinunterfuhr, begann sie zu lächeln. Es war ein wunderbares Gefühl.

Es gab einen flamingopinkfarbenen zweistöckigen Friseursalon namens Heavenly Inspirations, einen knallgelben Lebensmittelladen mit königsblauen Fensterrahmen, ein Immobilienbüro im Ochsenblutrot der Texas A&M University – von der sie ein Fan war – und daneben Sam's Diner in leuchtendem Grasgrün.

Amanda fuhr in eine Parklücke und stieg aus. Entlang der Hauptstraße waren weitere ebenso bunt gestrichene Geschäfte. Die Boutique und der Süßwarenladen auf der anderen Straßenseite waren unübersehbar, ebenso wie das Gemeindezentrum ein paar Häuser weiter den holzbeplankten Bürgersteig hinunter. Sie sah zu, wie ein Cowboy am Ende des Weges in den Futterladen stapfte, und fühlte sich sehr nostalgisch. Sie rechnete fast damit, ein Pferd zu sehen, das an einen Pfosten gebunden war. Wenn es jemals einen Ort gegeben hatte, der sie zum Lächeln gebracht hatte, dann dieser. Einfach nur schön.

Es gab ein großes älteres Haus, das die Stadt an einem Ende verankerte. Es hatte ein grünes Dach mit Türmchen an jeder Ecke und ein Schild mit der Aufschrift *Adela's Apartments*. Amanda betrachtete das Gebäude interessiert. Wie wäre es, einfach da reinzugehen und eine Wohnung zu mieten? Von vorn anzufangen?

Verrückt. Diese Gedanken waren verrückt, und sie wusste es. Es war eine Sache gewesen, so zu tun, als könnte sie vor ihrem Leben davonlaufen, wenn sie wegen eines Jobs hierherkam, doch das hier – das war einfach ein Tagtraum, und es war zu viel. Sie war nicht die Art Mensch, die davonlief. Zumindest nicht für immer. Sie würde sich wieder fangen. Das würde sie.

Doch es war, als hätte sich Wyatt Turners finsterer Blick in ihren Kopf eingebrannt.

Sie fragte sich, ob er die Tür zugeschlagen hatte, nachdem sie gegangen war. Irgendetwas an dem Mann faszinierte sie, obwohl er sie so leichtfertig abgewiesen hatte. Vielleicht hasste sie es einfach, jemanden leiden zu sehen. Vielleicht war es nicht der Mann selbst, der ihre Aufmerksamkeit auf sich zog, sondern die Tatsache, dass sie wusste, dass sie ihm helfen konnte.

Sie könnte ihm helfen, wenn er ihr nur die Chance dazu gäbe.

Der Mann musste ihre Hilfe wollen. Daran führte kein Weg vorbei. Sie konnte niemanden zwingen, sie anzunehmen. Besonders keinen Mann wie ihn! Sie biss sich auf die Lippe und starrte auf die Wetterfahne, einen Hahn, der auf einem von Adelas Türmchen saß. Er war nicht unentschlossen. Jonathan kam ihr in den Sinn und sie schauderte. Jonathan hatte es wahrscheinlich schon lange gewusst, bevor er es schließlich ausgesprochen hatte. Wenn er es früher beendet hätte, so wie Wyatt es getan hatte, würde sie vielleicht jetzt nicht so sehr leiden.

Wenigstens war Wyatt ehrlich gewesen, was seine Gefühle anging. Dafür bewunderte sie ihn – auch wenn er sie tatsächlich brauchte.

Hinter sich hörte sie eine quietschende Tür. „Norma Sue, wirst du heute Abend rauskommen und meine Mondlilie ansehen oder nicht?", sagte eine Frau.

„Ich habe dir gesagt, dass ich kommen werde, aber du warst zu sehr damit beschäftigt, pausenlos zu labern, um mich zu hören."

Amanda drehte sich um. Zwei Frauen kamen aus

dem Imbiss. Sie sahen von ihrem Gespräch auf und blieben abrupt stehen, als sie sie bemerkten.

„Hallo", sagte diejenige, die gerade beschuldigt worden war, pausenlos zu labern. Sie hatte leuchtend rote Haare und trug ein narzissengelbes Capri-Set.

„Hallo", sagte Amanda.

„Honey, Sie sehen ein bisschen benommen aus. Geht's Ihnen gut?", fragte die Frau namens Norma Sue. Sie war eine robuste, stark aussehende Frau mit drahtigen grauen Locken und einem breiten, herzlichen Lächeln. „Es ist verständlich, dass sie benommen ist, wenn sie zum ersten Mal all diese wilden Farben sieht. Davon kann einem schon schwindelig werden."

„Nun, Norma Sue, wir wissen nicht, ob sie Mule Hollow zum ersten Mal sieht ..."

„Esther Mae." Norma Sue starrte ihre Freundin ungläubig an. „Hast du sie schonmal hier gesehen?"

„Also, nein ..." Die Rothaarige sah Amanda verlegen an.

„Na also. Sie ist so neu in Mule Hollow wie das Kalb, dem ich heute Morgen auf die Welt geholfen habe." Sie richtete ihre haselnussbraunen Augen wieder auf Amanda.

„Sagen Sie ihr, dass du zum ersten Mal in unserer bunten kleinen Metropole sind. Oder irre ich mich?"

Amanda lächelte, sie mochte die beiden auf Anhieb. „Gerade eben angekommen."

„Siehst du, ich wusste es!"

„Ich bin Amanda Hathaway." Sie hob ihre rechte Hand, als wollte sie vor Gericht einen Eid schwören, und sagte: „Und ja, ich bin neu in der Stadt, und ich liebe sie. Ich habe gerade die Farben bewundert."

Beide Frauen strahlten, als sie ihre Hand sinken ließ. „Es zieht die Leute an – ähnlich wie rote Blumen Kolibris anziehen. Ich bin übrigens Esther Mae Wilcox, und das hier ist Norma Sue Jenkins." Sie beugte sich ein wenig vor, als wollte sie ihr ein Geheimnis verraten. „Sie ist der Robin zu meinem Batman."

„Ha! Glauben Sie ihr kein Wort", schnaubte Norma Sue. „Sie ist mein Robin."

Es war leicht, sich vorzustellen, dass sich diese beiden schon lange kannten

„Was führt Sie in die Stadt?", fragte Esther Mae. „Suchen Sie einen Cowboy hier?" Die Bemerkung überraschte Amanda, obwohl sie von der Geschichte der Stadt gehört hatte. Sie sagte das erste, was ihr einfiel.

„Ich weiß nicht, haben Sie welche zu verkaufen?"

„Wir verkaufen sie nicht, aber wir verschenken sie auf jeden Fall am Altar", gab Esther Mae zurück.

„An die richtigen Frauen", fügte Norma Sue hinzu. „Sie brauchen einen, nicht wahr? Ich sehe keinen Ring an Ihrer Hand."

Amanda warf einen Blick auf ihren Finger, wo vor drei Wochen noch ein Ring gewesen war. Sie blinzelte heftig und kämpfte gegen das plötzliche Rollen ihres Magens an.

„Honey, geht's Ihnen gut?", fragte Esther Mae.

„J-ja, mir geht's gut." Als sie zwei neugierigen Blicken begegnete, rang sie den Schmerz zurück in die Ecke ihres Herzens, in der sie ihn verbarrikadiert hatte. „Ähm, wie genau bringt man diese Cowboys zum Altar?", fragte sie ein wenig zu fröhlich. Ein lebhaftes Bild von Norma Sue hinter ihnen mit einer Schrotflinte tauchte in ihrem Kopf auf. „Und ist es legal?"

Das brachte ihr ein Kichern von beiden Frauen ein. Norma Sues Grinsen war breit. „Oh, der Pastor macht es legal, und die Cowboys gehen normalerweise bereitwillig nach einem kleinen Zauber. Nicht wahr, Esther Mae?"

Esther Mae beobachtete sie aufmerksam, und Amanda befürchtete, sie könnte mehr gesehen haben, als sie jemandem hatte zeigen wollen.

„Esther Mae, hast du mich gehört?"

„Natürlich habe ich das", sagte sie, und ihre zimtbraunen Brauen hoben sich über wachsamen grünen Augen. „Also wollen Sie uns wirklich sagen, dass Sie noch nichts von uns gehört haben?"

„Nein, das war ein Scherz. Ich habe ein bisschen über Mule Hollow gehört." Ihr wurde bewusst, dass sie wirklich gescherzt hatte – es kam ihr wie eine Ewigkeit vor, seit sie das das letzte Mal getan hatte. Sie warf einen Blick auf ihren Ringfinger, so leer, wie sich ihr Herz anfühlte. So wie ihr Leben jetzt war. Und doch hatte sie gerade spontan mit den alten Frauen gescherzt.

Es war ein gutes Zeichen dafür, dass die Fahrt hierher vielleicht nicht ganz umsonst gewesen war. „Und nein, ich habe nicht vor, einen Ihrer Cowboys zu heiraten. Ich bin aus San Antonio für einen Job hierhergekommen, den ich heute anfangen sollte."

„Ein Job?" Esther Mae gurrte. „Was für ein Job?" Amandas Magen knurrte laut und erinnerte sie daran, warum sie in die Stadt gefahren war. Sie legte ihre Hand darauf.

„Whoa, Mädchen, das ist nicht gut." Norma Sue packte sie am Arm. „Komm schon, Esther Mae, wir müssen dieses junge Ding ins Diner bringen und ihren Magen mit Sams guter Küche füllen."

Esther Mae eilte zur Tür. „Während Sie essen, können Sie uns erzählen, welcher Job Sie zu uns mitten ins Nirgendwo geführt hat."

Und einfach so wurde Amanda von ihren neuen Freundinnen ins Diner eskortiert. Eines war sicher, diese Reise war alles andere als langweilig gewesen. Sie würde vielleicht in einer Stunde wieder nach Hause fahren, doch heute – obwohl sie enttäuscht war, dass sie praktisch auf Anhieb entlassen worden war – fühlte sie sich besser.

„Zuallererst lassen wir mal diese Förmlichkeiten.

Ich bin Esther Mae und das ist Norma Sue für dich, und jetzt – du hast von unserer kleinen Suche nach Ehefrauen gehört?", fragte Norma Sue.

„Ja, ich glaube nicht, dass es viele Leute gibt, die noch nicht davon gehört haben, zumindest hier in Texas. Meine Chefin hat mich daran erinnert. Ich hatte es vergessen, bis ich meinen Auftrag bekommen habe, doch ich hatte ein paar von Molly Jacobs Kolumnen gelesen, als sie angefangen hat, über Mule Hollow zu schreiben."

Molly war eine ortsansässige Reporterin, die begonnen hatte, eine Kolumne über die Vorgänge in der kleinen Stadt zu schreiben, die im ganzen Land von Zeitungen gedruckt wurde. Es hatte ihr Spaß gemacht, sie zu lesen, doch die Kolumne war in den Hintergrund getreten bei ihrem immer vollen Terminplan, dem Training für die Marathons, die sie gerne lief, und … dann, der Beziehung, die sie endlich zu Jonathan gefunden hatte. Sobald ihre Gedanken zu ihm kamen, schob sie sie weg und weigerte sich, daran zu denken.

„Dann kennst du Mädels wie dich, die von überall herkommen, um unsere Männer zu heiraten. Schau nur da rüber." Norma Sue deutete quer durch das Diner auf einen Tisch, an dem vier Cowboys über Teller mit Essen gebeugt saßen.

Esther Mae war in eine Nische gerutscht und klopfte auf den Sitz neben sich. „Wir haben über ein

Dutzend Paare verheiratet, und derzeit stehen mehrere Verlobungen an. Und Babys kommen jetzt auch. Es ist so aufregend."

Amanda setzte sich und atmete den Essensduft ein, der durch die Luft wehte.

„Unsere Kirche hat mehr zu tun als eine dieser kitschigen Drive-Through-Kapellen in Las Vegas." Norma Sue gluckste, als sie sich ihr gegenübersetzte. „Natürlich haben wir gerade unseren Pastor verloren, also müssen wir einen neuen finden, der die Zeremonien machen kann."

„Oh, *Grundgütiger*, ihr zwei schon wieder!" Ein kleiner Mann kam aus der Küche und ging zu ihrer Nische. „Ich werde euch nicht los, egal wie sehr ich mich bemühe." Er warf Amanda einen neckenden Blick zu. „Mit diesen beiden herumzuhängen, wird Sie in Schwierigkeiten bringen, kleine Lady. Nur damit Sie es wissen." Er streckte seine Hand aus. „Ich bin Sam. Willkommen in meinem Diner. Diese beiden bringen meine Adela in mehr Schwierigkeiten, als man sich vorstellen kann."

Amanda stellte sich vor, als sie seine Hand ergriff und sie fest drückte, wenn auch weit entfernt von seinem Schraubstockgriff.

Er grinste. „Guter Händedruck für ein zierliches Ding wie Sie."

Sie lächelte. „Ihrer ist auch nicht so schlecht. Mein

Vater hat immer gesagt, dass das Herz eines Menschen an der Festigkeit seines Händedrucks gemessen wird. Sie müssen ein riesiges Herz haben."

Das brachte ihr ein strahlendes Lächeln ein; sein wettergegerbtes Gesicht verzog sich zu einem schelmischen Ausdruck. „Niemand soll von meinem großen Herzen wissen. Also lassen Sie uns das nicht an die große Glocke hängen. Wenn diese zwei oder ein paar andere, die vorerst namenlos bleiben sollen, nicht vermuten würden, dass ich ein großes Herz habe, würden sie denken, dass sie mich überrumpeln können, und ich könnte mich nicht mehr retten."

Norma Sue verdrehte die Augen. „Glaub ihm nichts davon. Wenn Esther Mae, seine zwei ‚namenlosen Freundinnen' und ich ihn nicht bei der Stange halten würden, würde sich der Mann zu Tode langweilen."

„Ha! Schön wär's", schnaubte er. „Also, was bringt Sie nach Mule Hollow? Und warum um alles in der Welt bringen Sie diese beiden zurück in mein Etablissement, wenn ich sie gerade erst losgeworden bin?"

Amanda lachte – es fühlte sich gut an. „Ehrlich, Sam, ich habe sie gerade draußen getroffen, und sie haben mich hier reingeschleppt …"

Als alle mit ihr kicherten, erinnerte sie das an ihre zankenden Großeltern, die auf einer Farm in West-Texas lebten.

„Wir dachten, sie würde hier nach einem Cowboy suchen", sagte Esther Mae zu Sam. „Wir haben ihr gerade erzählt, was für ansehnliche Exemplare wir hier in der Nähe haben."

Norma Sue nickte zum Fenster. „Zwei unserer Erfolgsgeschichten stehen gerade vor der Tür. Der Größere ist Seth Turner. Er hat vor ein paar Monaten geheiratet. Der andere ist sein jüngerer Bruder Cole. Cole wird in etwa vier Wochen heiraten – musste verschoben werden, weil sein großer Bruder bei einem Flugzeugabsturz verletzt worden ist."

Die Tür schwang auf, und die Männer stürmten herein wie Cowboys, die Ärger suchen. Sofort sah sie die Ähnlichkeit mit ihrem Bruder. Ihre Mienen waren ernst, als sie sich suchend umsahen, doch bei weitem nicht so intensiv wie Wyatt.

Esther Mae stieß Amanda in die Rippen. „Diese beiden Turner-Männer sehen gut aus, aber du solltest ihren großen Bruder sehen!"

„Er ist wirklich sehenswert", flüsterte Norma Sue und beugte sich über den Tisch.

Man musste ihr nicht sagen, dass das die Brüder waren, die sie eingestellt hatten. Sie waren an der Tür stehengeblieben, und ihre suchenden Blicke hefteten sich fast sofort auf sie.

Norma Sue blickte von ihnen zu Amanda, als die Cowboys auf sie zukamen. „Hey, Jungs", sagte sie. „Ihr seht alle so aus, als würdet ihr jemanden suchen."

Beide Männer nahmen ihre Stetsons ab. Der Größere mit den ernsteren Augen, die Amanda an Wyatts erinnerten, zupfte an seinem Kragen. „Sind Sie Amanda Hathaway?"

Amanda nickte, als sich plötzlich alle Augen auf sie richteten.

„Wir sind gekommen, um uns zu entschuldigen und Sie zu bitten, es sich noch einmal zu überlegen."

„Seth, was in aller Welt soll Amanda sich noch einmal überlegen?", fragte Esther Mae.

Norma Sues Augen weiteten sich. „Du bist Wyatts neue Physiotherapeutin! Nicht wahr? Die, die heute Morgen angekommen ist?"

„Natürlich", schnaubte Esther Mae. „Ich weiß nicht, wie ich nicht darauf gekommen bin!"

„*War*", korrigierte Amanda. „Er hat mich auf der Stelle gefeuert." Sie zuckte zusammen, da sie es nicht so ausposaunen wollte.

„Nein, hat er nicht", keuchte Esther Mae.

„Ich fürchte schon", sagte Amanda leiser.

„Wenn er also seine Meinung nicht ändert, werde ich nach dem Essen abreisen. Ich kann niemandem helfen, der es nicht will." Es war wahr. Doch als sie in die Gesichter ihrer neuen Freundinnen blickte, zog sich ihr Herz zusammen, und sie wünschte sich, alles hätte sich anders entwickelt.

„Ich werd' nicht mehr." Sam rieb sich den Kiefer. „Wenn das nicht interessante Neuigkeiten sind?"

„Das sind sie auf jeden Fall", sagte Norma Sue gedehnt. „Was habt ihr Jungs dazu zu sagen?", fragte sie die beiden Männer, die geduldig danebengestanden hatten.

„Zuerst sollten wir uns vorstellen. Ich bin Cole, und das ist mein Bruder Seth. Wir sind gekommen, um Sie zu bitten, nicht zu gehen. Die Entscheidung liegt bei Ihnen, nennen Sie einfach Ihren Preis."

„Nun", räusperte Esther Mae. „Das wird jeden Moment besser."

Damit hatte Amanda nicht gerechnet, doch es spielte keine Rolle. Sie schüttelte den Kopf. „Wie gesagt, ich kann niemandem helfen, der mir nicht einmal eine Chance geben will. Glauben Sie mir, es funktioniert nicht für mich, und für Ihren Bruder wird es auch nicht funktionieren."

„Er hat nichts gegen Sie", sagte Seth. „Er hat nur viel um die Ohren. Verstehen Sie mich nicht falsch, es wir nicht leicht sein, mit ihm zu arbeiten, aber er braucht Sie, und das weiß er jetzt."

„Was sagen Sie?", fragte Cole und schenkte ihr ein Zwinkern und ein schiefes Grinsen.

Sie waren süß, und ihr Bruder war ihnen offensichtlich sehr wichtig. Doch das reichte nicht, um ihre Arbeit erfolgreich zu machen. Es gab nur eine

Sache, die das konnte. „Ich würde den Job nur zurücknehmen, wenn Wyatt mich selbst fragen würde."

„Gutes Mädchen." Sam kicherte. „Sagen Sie, wo Sie stehen. Wenn meine Adela von ihrer Schwester nach Hause kommt, wird sie alles darüber hören wollen."

„Das hat er schon vermutet." Seth griff in seine Hemdtasche und zog ein zusammengefaltetes Stück Papier heraus. „Ich denke, das sollte reichen." Er reichte ihr ein gelbes Blatt.

Sie betrachtete die Seite, als sie sie nahm. Sie stammte von einem gelben Notizblock, und als Amanda sie auseinanderfaltete, war in der Mitte der Seite ein Satz in schwungvoller Männerschrift gekritzelt.

Wenn Sie bereit für die Herausforderung sind, kommen Sie zurück, und beweisen Sie es. Wyatt Turner.

Ihre Lippen zuckten, und sie unterdrückte ein Lächeln. Auf keinen Fall hatte sie mit einer Entschuldigung gerechnet. Was sie wirklich überraschte, war, dass er genau das geschrieben hatte, was sie brauchte … eine Herausforderung. Sie und Wyatt Turner brauchten dasselbe.

Sie faltete das Papier zusammen und sah die Brüder an. Sie schenkte ihnen ein aufmunterndes Lächeln und holte tief Luft. „In Ordnung. Ich werde bleiben. Aber ich muss erst was essen, dann fahre ich wieder raus. Würden Sie bitte Ihrem Bruder ausrichten, dass ich bereit für die Herausforderung bin. Aber – ist *er* das auch?"

KAPITEL VIER

Er wartete auf der Veranda, als Amanda aus ihrem Auto stieg. In gewisser Weise erinnerte er sie mit seinem dunklen Haar und dem eckigen Kinn an George Strait, als er jung war. Und trotz der Intensität seiner Augen dachte sie, dass dort ein Hauch von Schalk lauerte, als er sie dabei beobachtete, wie sie den Weg hinaufging. Bei ihrer Arbeit musste sie – unabhängig von der persönlichen Krise in ihrem eigenen Leben – positiv sein und herausfinden, wie sie ihre Patienten am besten wieder auf die Beine bekam. Nicht nur körperlich, sondern auch emotional – sie musste positiv und engagiert sein, auf eine Weise, auf die er reagieren würde.

Irgendwo im Hintergrund muhte eine Kuh – nun ja, mehrere Kühe muhten und klangen, als würden sie ihre Ankunft ankündigen. Sie blieb vor Wyatt stehen und schenkte ihm ihr bestes Grinsen. „Ich bin hier, um eine

Herausforderung anzunehmen."

Sein Blick glitt an ihr hinunter, als wollte er sie neu einschätzen und fragte sich, ob er verrückt geworden war, als er sie gebeten hatte, zurückzukommen. Das Misstrauen war offensichtlich. Entschlossenheit durchströmte sie wie einen Läufer in den Startblöcken. Sie zog eine Augenbraue hoch, als er nichts sagte, und entschied, dass eine eigene kleine Herausforderung angebracht war.

„Ich denke, das bin ich auch", sagte er gedehnt mit einer Stimme, die die Geschworenen in einem Gerichtssaal fast hypnotisierend fanden.

Sie musste ihm eines lassen: Sein Ton war zum ersten Mal, seit sie ihn getroffen hatte, höflich. Darauf konnte sie aufbauen.

„Ich verspreche Ihnen, Sie werden es nicht bereuen. Ich werde Ergebnisse erzielen."

„Ich werde dafür sorgen, dass Sie es tun."

Seine Worte waren als Warnung gedacht, doch sie ließen ihr Lächeln breiter werden. „Ich denke, wir werden zusammen Spaß haben, Mr. Turner."

Der finstere Blick von vorhin kehrte zurück. „Spaß interessiert mich nicht. Ich will raus aus diesem Stuhl und wieder auf meinen eigenen Beinen stehen, und ich will es gestern."

Sie kicherte – nicht gut, aber sie konnte es nicht verhindern. Er war ziemlich süß, wenn er so gereizt war.

„Dann werden Sie das. Der Wille ist es, der Sie voranbringen wird. Ich muss Sie nur ansehen und weiß, dass Sie jedes Mal, wenn ich Sie bitte, eine Übung zu machen, an Ihre Grenzen gehen werden. Wie wäre es also, wenn Sie vorerst diesen finsteren Blick lassen und sich entspannen. Ich verspreche Ihnen, alles wird gut." Sie hörte sich an, als würde sie mit einem ihrer Kinder sprechen. Doch sie waren ihm nicht unähnlich – Teenager waren genauso versessen darauf, wieder auf die Beine zu kommen wie Wyatt. Seine Ungeduld war nichts Neues für sie und das war auch gut so.

„Ich weiß, dass Sie sich angesichts der Schmerzen, die Sie haben, vielleicht Sorgen machen, ob Sie jemals zu Ihrem normalen Lebensstil zurückkehren werden. Machen Sie sich keine Sorgen, das werden Sie, wenn Sie tun, was ich sage."

„Sind Sie immer so zuversichtlich?"

„In diesem Fall – Ihrem Fall – bin ich das, ja." Er hielt ihren Blick fest, und sie wollte ihm so sehr noch einmal sagen, dass er sich keine Sorgen machen soll. Doch sie sah die Skepsis in seinen Augen.

Darum wollte sie vorerst nicht mehr sagen. Er würde es für leeres Gerede halten, wenn sie so weitermachte. Sie hatte ihn beobachtet, um zu sehen, ob er Schmerzen hatte, und im Moment schienen sie nicht so schlimm zu sein, doch sie waren da. Mit gezerrten Rückenmuskeln, einer gebrochenen Hüfte und dem

Trauma, mussten die Krämpfe kommen und gehen. Ganz zu schweigen von den ständigen Schmerzen durch den Schaden an seiner Schulter. Doch bei alldem konnte sie helfen.

Später. „Also werde ich wohl meine Sachen ausladen und mich einrichten. Seth und Cole haben mir gesagt, dass sie einen Trailer für mich vorbereitet haben. Ist er irgendwo da draußen?"

„Bei der Scheune. Ich werde ihn Ihnen zeigen", sagte er knapp.

„Das wäre nett." Sie drehte sich um und ging zurück zu ihrem Auto, ohne auch nur daran zu denken, ihm zu sagen, dass sie ihn allein finden konnte. Das Letzte, was er brauchte, war, behandelt zu werden, als wäre er hilflos. An der Seite der Veranda war eine neue Rampe gebaut worden, und der Boden rund um das Haus war eben. Mit diesem motorisierten Rollstuhl der Spitzenklasse war es kein Problem, hier zu fahren. Der Mann strahlte Energie aus, selbst im Rollstuhl. Es war jedoch ein Wunder, dass er noch lebte. Während des Absturzes eines Kleinmotorflugzeugs hatte er fast jeden Muskel und jede Sehne auf der linken Seite seines Körpers gezerrt und gestresst. Selbst die Tatsache, dass er außer einem Haarriss in der Hüfte keine gebrochenen Knochen hatte, war ein weiteres Wunder. Sie vermutete jedoch, dass es ihn umbringen könnte, auf einer Veranda im Rollstuhl zu sitzen. Sie verstand vollkommen, wie er sich fühlte.

Bei Sonnenaufgang zu laufen war eher ihr Stil. Sie fragte sich, ob er vor dem Unfall auch morgens gelaufen war. Sie hatte das Gefühl, dass er wie sie ein Läufer war. Einer, der gerne draußen lief. Andererseits könnte er ein Laufbandläufer sein – zu sehr Stadtmensch, um draußen zu laufen … nicht, dass das schlechte wäre. Sie zog die frische Luft einfach der Klimaanlagenluft in einem Fitnessstudio vor.

„Haben Sie viel mitgebracht?"

„Ich habe ein Auto voller Kram. Allerdings nicht alles Gepäck." Sie lachte. „Das meiste werde ich im Therapieraum aufbauen. Aber im Moment will ich nur meine Koffer."

Sie hatten es bis zu ihrem Geländewagen geschafft, und er wartete und beobachtete sie, während sie die Heckklappe öffnete. Aus irgendeinem Grund machten seine wachsamen Augen sie unsicher. Sie strich ihr Haar hinter die Ohren, bevor sie den ersten Koffer nahm und ihn heraus hievte.

Ohne etwas zu sagen, hob er seinen unversehrten Arm und half ihr, indem er den Boden des Koffers abstützte. „Danke", sagte sie und wusste, dass jedes kleine Erfolgserlebnis ihm helfen würde, voranzukommen.

„Gern geschehen", sagte er, als sie nach dem einen kleineren Gepäckstück griff. Auch dabei half er. Sie hatte alles selbst eingeladen und war durchaus in der Lage, ihr Gepäck selbst auszuladen, doch sie schätzte dennoch die Tatsache, dass Wyatt Turner – trotz seines schlechten Benehmens vorhin – ein Gentleman war. Das war seinerseits instinktiv. Sie fragte sich, ob seine Mutter ihm als Kind Manieren eingetrichtert hatte.

„Sie sehen mich an, als hätte ich Sie überrascht", sagte er, als sie die Heckklappe schließen wollte.

Lächelnd schloss sie sie. Die Bewegung brachte sie ihm näher als zuvor. „Ich glaube, ich bin ein bisschen überrascht, dass Sie ein Gentleman sind", antwortete sie wahrheitsgemäß. *Er hatte schließlich gefragt.*

Seine Mundwinkel zuckten tatsächlich! „Meine Mutter hätte mir und meinen Brüdern den Hintern versohlt, wenn wir uns nicht wie welche benommen hätten."

Bingo. „Dachte ich mir."

„Sie denken, sonst wäre ich keiner?"

„Das war mein Gedanke, als Sie mich vorhin rausgeworfen haben", sagte sie trocken. „Und das war, nachdem ich drei Stunden gefahren bin, um hierherzukommen – ohne Mittagessen!"

Sie sah ihn lächelnd an, als sie den Griff des großen Koffers herauszog und die Reisetasche darüber hängte, um sie für den Transport zu sichern.

Seine Augen funkelten. „Ich würde mich entschuldigen …"

„Aber …", sagte sie langsam. „Sie würden es nicht so meinen." Sie wusste, dass es stimmte.

„Ich habe getan, was ich für das Beste hielt."

„Genau das dachte ich mir. Und deshalb ziehe ich Sie jetzt nur dafür auf."

Sie zwinkerte ihm zu, nahm den kleinsten Koffer mit der Hand auf der Seite ihrer Prothese. Das glich das Gewicht aus, als sie den Griff des anderen Koffers nahm und begann, ihn hinter sich über die Wiese zu ziehen. Das Besondere an Wyatt war genau das – er tat, was er für nötig hielt. Nachdem Seth und Cole das Diner verlassen hatten, um Wyatt ihre Nachricht zu überbringen, hatten Norma Sue und Esther Mae ihr gesagt, dass er alle Register gezogen hatte, um Frauen für seine Brüder zu finden. Er hatte Frauen gesehen, von denen er glaubte, dass sie zu ihnen passten, und dafür gesorgt, dass sie in Kontakt kamen. Das war wirklich süß! Der Mann war ein Romantiker – wer hätte das gedacht?

Es tat ihrem gebrochenen Herzen gut zu wissen, dass es Männer wie ihn auf der Welt gab, die sich um ihre Lieben kümmerten. Es war eine sehr bewundernswerte Eigenschaft bei einem Mann. Doch selbst wenn sie das alles nicht gewusst hatte, hatte sie schon allein an der Art, wie seine Brüder über ihn sprachen, gesehen, dass er ein ehrenhafter Mann war.

„Den zweiten könnten Sie auch ziehen", sagte er

und fuhr neben ihr her. „Oder noch besser, ich könnte ihn tragen."

Sie sah ihn an. „Das müssen Sie nicht. Sie haben absolut recht – ich könnte ihn ziehen, wenn ich wollte."

„Aber das werden Sie nicht."

„Es wäre keine sportliche Betätigung, wenn ich ihn ziehen würde, und außerdem …" Sie hätte fast gesagt, dass es ihr half, das Gleichgewicht zu halten. Stattdessen sagte sie: „Ich wäre ein Heuchler, wenn ich von meinen Patienten verlangen würde, ihre Kraft und Beweglichkeit auszubauen, und es nicht selbst praktizieren würde."

„Stimmt", brummte er.

Sie gingen schweigend um den alten Hof herum. Der Trailer kam in Sicht und seine Größe überraschte sie.

Er stand unter einer riesigen Eiche, nicht weit von der niedrigen Scheune entfernt. Er war riesig im Vergleich zu einigen anderen, in denen sie bei Patienten übernachtet hatte. Doch andererseits, wenn sie Wyatt ansah, war es nicht verwunderlich, dass er hier hinten einen so großen Trailer für sie hatte. Er hatte einfach etwas an sich – selbst, wenn sie sein Profil nicht gelesen und gewusst hätte, dass der Mann vermögend war. Bei ihm hatte sie das Gefühl, dass ihm für die Menschen um ihn herum das Beste gerade gut genug war.

„Ich hoffe, das reicht", sagte er. „Cole und Seth

haben mir versichert, dass Ihre Chefin gesagt hat, ein kleiner Trailer ist alles, was Sie brauchen."

„Ich würde den nicht als klein bezeichnen. Glauben Sie mir, das ist mehr als genug." Sie lächelte. „Ich werde mich wie eine Königin fühlen, verglichen mit dem winzigen Wohnanhänger, den ich für meinen letzten Job hatte. Verstehen Sie mich aber nicht falsch, er war großartig. Es war einer dieser kleinen runden Dinger, die nur Platz für ein Bett, einen kleinen Fernseher und einen Tisch für meine Bücher hatten. Ich muss aber zugeben, dass das Duschen in einem kaum ein-mal-ein Meter großen Raum inklusive Waschbecken und Toilette ein bisschen mühsam war."

Er sah entsetzt aus. „Wie lange haben Sie das gemacht?"

„Sechs Wochen. Ich wünschte, ich hätte den Patienten länger betreuen können, aber die Versicherung hat nicht mehr genehmigt, also …"

Sie hatte es gehasst zu gehen. Shawn, der Teenager, mit dem sie gearbeitet hatte, hätte mehr Hilfe mit seiner neuen Prothese gebraucht. Sie war immer noch in Kontakt mit ihm, überprüfte seine Fortschritte – oder zumindest hatte sie das bis vor drei Wochen getan. Joyce kümmerte sich jetzt um ihn und hatte ihr gesagt, dass er zwischenzeitlich ziemlich gut zurechtkam und alles tat, was sie ihm empfohlen hatte. Sie war zuversichtlich, dass es ihm gut gehen würde. Er war ein entschlossener Teenager. So, wie sie es gewesen war. Es waren die jüngeren Kinder, um die sie sich am meisten Sorgen gemacht hatte. Sie brauchten länger Hilfe, um sich an ihre Prothesen zu gewöhnen, und sie hatte gehofft – zumindest, bevor sie gegangen war –, dass sie eines Tages etwas tun könnte, um ihnen mehr zu helfen. Jetzt war sie sich nicht sicher, ob sie jemals wieder mit so jungen Patienten arbeiten könnte.

„Sie machen das, was Sie tun, offensichtlich gerne, sonst würden Sie so etwas nicht so lange ertragen."

Wyatts Worte unterbrachen die wandernden Gedanken. „Oh, ich liebe meinen Job." Selbst jetzt, wo sie sich entschieden hatte, von Kindern zu Erwachsenen zu wechseln, liebte sie ihn. „Nicht viele Menschen können sagen, dass sie gesegnet sind, dort zu sein, wo sie im Leben sind. Ich schon. Winzige Duschkabinen eingeschlossen." Sie fügte nicht hinzu, dass sie den Teil aufgeben musste, den sie einst am meisten geliebt hatte. Niemand musste das wissen, und diese Tatsache änderte nichts an ihrer Liebe zu ihrem Beruf. Es veränderte nur ihre Realität.

Sein Gesichtsausdruck wurde besorgt. „Ich weiß, was Sie meinen", sagte er leise, als er den Blick abwandte und ihn über die Weiden schweifen ließ, die sich endlos hinter der Scheune erstreckten.

Zwei tiefe Falten bildeten sich zwischen seinen Brauen, und seine Miene verfinsterte sich. Dieser finstere Blick verriet ihr, dass sie die kleinen Fortschritte, die sie eben gemacht hatten, irgendwie zunichtegemacht hatte. Sein Gesicht hatte sich tatsächlich für ein paar Augenblicke aufgehellt. Flüchtig nur, aber immerhin ein Anfang.

Sie entschied, dass sie jetzt genug gesagt hatte, öffnete die Tür des Trailers und trat auf die Stufe. „Danke." Sie hatte sich gefragt, was in seinem Kopf vor sich ging. Etwas beunruhigte Wyatt. Vielleicht war es die Sorge um seine Verletzungen. Vielleicht mehr. Ihm mit seinen Schmerzen zu helfen und ihn aufzurichten, würde ihm körperlich helfen. Aber auch mental. „Ich werde auspacken und mich einrichten. Soll ich heute Abend irgendwas tun? Ich könnte Ihnen eine therapeutische Massage geben, um bei ihren Schmerzen zu helfen." Therapeutin plus Mädchen für alles war eine seltsame und neue Kombination für sie, doch sie freute sich darauf.

Er sah sie nicht an. „Nein, wir werden das alles morgen besprechen." Er lächelte nicht und fuhr ohne weitere Worte zurück zum Haus.

Amanda beobachtete ihn und spürte seinen Schmerz. Trotzdem wusste sie, dass es ihm mit der Zeit zumindest körperlich gutgehen würde.

Sie fragte sich, ob ihm das klar war. Bei diesem Flugzeugabsturz wäre er fast ums Leben gekommen. In seinem Kopf ging vielleicht mehr vor, als irgendjemand ahnte. Sie sprach ein Gebet für ihn, als er um die Ecke bog und verschwand.

Er schien in diesem Moment ganz allein zu sein. So allein wie sie. *Lass deine Gedanken nicht dorthin schweifen.* Richtig. Sie war hier, um zu arbeiten und sich von ihren eigenen Problemen abzulenken. Das Letzte, was sie tun musste, war, sich so stark in ihren Patienten einzufühlen, dass sie sich davon runterziehen ließ. Er zählte auf sie, und sie würde ihn nicht enttäuschen.

Sie blickte über das Land, das sie umgab, und atmete tief durch. Es war heiß und trocken, und die Berichte einer bevorstehenden Dürre mehrten sich, sodass der kühle Wind, der plötzlich über das trockene Gras wehte, eine angenehme Überraschung war. Morgen würde sie laufen und die Endorphine nutzen, die sie vom Laufen bekommen würde.

Morgen würde sie Wyatt beweisen, dass es eine gute Entscheidung gewesen war, sie einzustellen.

Ihr wurde klar, dass sie ihn zum Lächeln bringen wollte – so wie sie es immer mit ihren Kindern tat. Ein echtes Lächeln. Nicht nur ein Zucken seiner Lippen, sondern ein strahlendes Lächeln.

Und das würde sie. Der Gedanke gab ihr Energie und einen weiteren Grund dafür, hier zu sein.

Morgen *würde* ein guter Tag werden.

Bam! Bam-bam-bam.

Amanda wachte mit einem Ruck auf, als der gesamte Trailer erzitterte. Sie setzte sich im Bett auf und starrte auf den Wecker. Es war vier Uhr morgens, und etwas rammte ihre Unterkunft! *Bam!* Es fing von vorne an. Der gesamte Trailer wackelte, als ob die Erde bebte. Sie kramte nach ihrem gelben Bademantel, zog ihn an und spähte aus dem Fenster über dem Bett. Im Mondlicht sah sie … Schweine?!

Schweine! Sie war von Wildschweinen mit langen, hässlichen Hauern umgeben. „Fünfzehn", keuchte sie und zählte die Tiere. Sie waren überall. Große und kleine und jede Größe dazwischen. Was sollte sie tun? Sollte sie versuchen, Wyatt zu wecken?

Sie zog ihre Socke über und schlüpfte dann in einer Bewegung, die so natürlich geworden war wie das Stehen, in ihr Bein. Sie ging zur Tür und spähte aus dem Fenster. Im Haus brannte Licht. War Wyatt wach? Wusste er, dass diese Tiere hier draußen waren? Ein anderer rammte gegen den Trailer und ließ sie bei dem Gedanken an die Dellen, die er hinterlassen musste, zusammenzucken. Sie kaute auf ihrer Lippe und überlegte, was sie tun sollte. Das Licht auf der Veranda ging an, und sie war sich nicht sicher, wie das helfen würde, da Wyatt im Rollstuhl saß, doch zumindest war sie nicht mehr allein. Vielleicht würde er seine Brüder anrufen.

Sie griff nach ihrer Jogginghose und zog sie über, nicht ganz sicher, was sie tun würde. Sie hörte jemanden etwas rufen. Sie zog den Vorhang zurück und sah, wie Wyatt seinen Stuhl auf die Veranda fuhr. Nein! Was dachte er sich nur? Ihr Schuh war bereits auf ihrer Prothese, also zog sie schnell den anderen an und griff nach dem Türknauf. Wyatts Rollstuhl stand jetzt am Rand der Veranda, und es war sogar aus dieser Entfernung leicht zu sehen, dass er nicht glücklich war.

Ihr Herz hämmerte, und sie wurde wütend. Dieser dumme, verletzte Mann war draußen mit einer Rotte Wildschweine!

Wildschweine konnten Menschen mit ihren schrecklichen Hauern zerreißen! Eine lebhafte Erinnerung an Old Yeller kam ihr in den Sinn. Der Mann hatte den Verstand verloren und würde verletzt werden, wenn sie nichts unternahm. Sicher würde er wieder ins Haus zurückkehren?

Nein. Sie tastete nach der Tür, während sie entsetzt beobachtete, wie er seinen Stuhl direkt an den Rand der Veranda fuhr – was sie tun sollte, wusste sie nicht. Sie konnte ihren Patienten jedoch nicht einfach von einem Haufen wilder Schweine zerreißen lassen.

„Wyatt!" Sie öffnete die Tür einen Spalt weit und

rief: „Was tun Sie da?" Das war etwas, auf das sie überhaupt nicht vorbereitet war.

„*Machen Sie die Tür zu*, Amanda!"

Sein Befehl peitschte wie Donner durch die Nacht und schreckte die Wildschweine auf. Und ein riesiger, dicker Schatten schoss direkt auf Wyatt zu!

Amanda stieß die Tür auf und trat hinaus. „Lauf!", schrie sie, machte einen Schritt und merkte, dass sie wegen der Furchen, die die Tiere in den Boden gepflügt hatten, nicht schnell genug gehen konnte –

„Zurück in den Wagen!", schrie Wyatt aus voller Kehle, als das Tier seine Richtung änderte und – zu ihrer großen Erleichterung – auf die offene Weide zu stürmte.

Amandas Herz raste.

„Was haben Sie sich dabei gedacht, aus dem Trailer zu kommen?", rief Wyatt, seine Augen funkelten im Mondlicht. „Wissen Sie, was diese Biester Ihnen antun können?"

„Mir? *Mir!*" Amanda wäre am liebsten auf ihn zu gestürmt, so wütend war sie, doch sie musste sich damit abfinden, langsam voranzukommen, um das Gleichgewicht zu halten. Es war erstaunlich, wie kurz die Schweine dort gewesen waren und wie zerstörerisch sie dabei gewesen waren. Furchen und Löcher waren gefährlich für sie. Da ihre Prothese steif war, konnte ein Fehltritt auf unebenem Boden sie aus dem Gleichgewicht bringen. Trotzdem redete sie weiter. „Sie sind derjenige, der direkt in den Weg dieser … dieser Kreaturen gefahren ist." Sie schauderte und zeigte in die Richtung, in die die hässlichen, haarigen Biester verschwunden waren. „Der Eber ist direkt auf Sie zu gerannt."

„Mir wäre nichts passiert. Ich habe mein ganzes Leben mit Schweinen verbracht. Ich weiß, wie man mit ihnen umgeht. Aber dass Sie den Trailer verlassen haben, als sie hier draußen waren, war nicht akzeptabel. Sie hätten stolpern können, und das Schwein hätte Sie ausgeweidet."

Sie schnappte nach Luft und blieb vor ihm stehen. „Mich ausgeweidet. Und Sie sagen mir, dass Ihnen nichts passiert wäre? Das bezweifle ich stark."

Wyatts Augen blitzten gefährlich. „Mir wäre nichts passiert."

Sie funkelten einander an, Sekunden verstrichen, und langsam beruhigte Amanda sich wieder. Was tat sie nur? Sie verhielt sich ausgesprochen unprofessionell. Sie hatte ihm gerade mehr oder weniger gesagt, dass er ein Invalide war, und das war unverzeihlich. Er hatte jedes Recht, wütend auf sie zu sein.

„Tut mir leid", sagte sie leise. „Das war unangemessen von mir. Meine einzige Entschuldigung ist, dass ich wirklich Angst hatte."

Es war die Wahrheit. „Ich meine, ich habe noch nie so große Wildschweine gesehen. Und als das da auf Sie zu gestürmt ist, konnte ich nur an Old Yeller denken …"

„Ich hätte es wissen müssen", stöhnte er.

„Nun, es *war* beängstigend. Die Monster haben den armen Hund getötet –"

„Nein, in dieser Geschichte hat der Hund Tollwut gehabt, und sie mussten ihn erschießen. Er hat den Schweineangriff überlebt."

„Na ja, sie haben ihm immer noch wehgetan."

Er seufzte. „Amanda, Sie sind hier, um mir zu helfen, wieder auf die Beine zu kommen. Sie sind nicht hier, um verletzt zu werden. Bitte bleiben Sie nachts drinnen, egal was passiert. Verstehen Sie mich?"

Laut und deutlich. „Sie haben absolut recht. Ich gehe jetzt zurück, vielleicht kann ich noch ein bisschen schlafen." Sie zog ihren flauschigen Bademantel fester um sich.

Wyatts Augen funkelten warnend. „Kommen Sie nicht nochmal raus, wenn Sie Schweine sehen."

Sie war genauso wütend wie er, und erwiderte seinen Blick. „Ich habe, ohne nachzudenken, auf das reagiert, was ich gesehen habe. Vielleicht sollten Sie auch in Erwägung ziehen, drinnen zu bleiben."

Wyatts Blick wurde eisig. „Ich mache keine Witze, Amanda."

Und er glaubte, sie machte welche? Kaum. „Dann sind wir zu zweit. Schlafen Sie gut, Wyatt, denn unsere Arbeit beginnt um halb acht."

Sie drehte sich um und ging vorsichtig über die Wiese. Das Letzte, was sie brauchte, war, dass Wyatt sie fallen sah. Für ihren Stolz wäre das ein harter Schlag. Und jetzt war nicht gerade ein guter Moment für ihn zu erfahren, dass sie nur ein Bein hatte. Vielleicht hätte sie es ihm schon sagen sollen. Doch jetzt war sicherlich kein guter Zeitpunkt, es zu enthüllen … es war nicht abzusehen, wie wütend er sein würde. So, wie sie Wyatt kannte, würde er sie gleich wieder feuern, und dieses Mal würde es kein Zurück geben.

KAPITEL FÜNF

Wyatt saß auf der Veranda, lange nachdem Amanda zum Trailer zurückgekehrt war. Sie war mutig, das war sicher – mutig genug, sich in Schwierigkeiten zu bringen. Als sie wieder sicher drinnen war, atmete er erleichtert auf. Wenn dieses Wildschwein sie angegriffen hätte, hätte er kaum etwas tun können, um ihr zu helfen. Er wäre fast vor Schreck gestorben, als sie herausgekommen war und ihn angeschrien hatte, ins Haus zurückzufahren.

Was hatte er sich dabei gedacht? Er wusste, dass er sie durch seine Entscheidung, nach draußen zu fahren, um die Schweine zu verjagen, in Gefahr gebracht hatte. Es wäre in Ordnung gewesen, wenn er auf beiden Beinen gestanden hätte und in der Lage gewesen wäre, sich selbst zu verteidigen. Mit dieser Hüftverletzung war er nutzlos. Natürlich hatte er auch nicht damit gerechnet, dass sie nach draußen kommen würde. Doch das war nebensächlich – er hätte einfach nicht rauskommen sollen. Er hatte sie beide in Gefahr gebracht.

Angewidert drehte er den Stuhl herum, fuhr wieder hinein und ließ die Tür hinter sich zuknallen. Er versuchte nicht einmal, wieder schlafen zu gehen. Er wusste, dass er es nicht tun würde – er hatte seit dem Unfall kaum geschlafen. Stattdessen setzte er eine Kanne Kaffee auf und ging duschen – eine Tortur für ihn. Stehen, selbst für ein paar Minuten, war schmerzhaft und schrecklich anstrengend. Auch das An- und Ausziehen war schwierig und verursachte oft Krämpfe in seinem Rücken. Hoffentlich würde die Therapie helfen.

Zwanzig Minuten später goss er sich unter Schmerzen eine Tasse Kaffee ein und fuhr zu seinem Schreibtisch, doch er konnte sich nicht auf die Niederschriften konzentrieren, die er durchgehen wollte.

Vor dem Absturz des Flugzeugs hätte er, wenn ihn irgendetwas hier belastet hätte, ein Pferd gesattelt und wäre im Mondlicht über die Weide geritten. Etwas daran, im Sattel zu sitzen, half ihm immer, seine Gedanken zu beruhigen. In seiner Kindheit hatte er mehr Zeit zu Pferd verbracht als Cole und Seth zusammen. Andererseits hatte er seit seinem achten Lebensjahr auf der Ranch ausgeholfen. Es gab für fast jedes Alter etwas zu tun, und sein Vater hatte ihnen allen eine großartige Arbeitsmoral beigebracht. Das waren gute Tage gewesen, die er mit seinem Vater und seinem Großvater verbracht hatte. Es war schwer zu fassen, wie lange es her war, seit sie beide gestorben waren. Zuerst sein Großvater, als ein Traktor an der Seite eines Hügels, den er gemäht hatte, umgekippt war. Und später sein Vater und seine Mutter, als ihr Flugzeug über Missouri abgestürzt war. Er hatte damals viele Stunden im Sattel verbracht. Er war achtzehn gewesen, als seine Eltern gestorben waren. Als er das Familienoberhaupt geworden war. Im Sattel zu sitzen hatte ihm geholfen. Am College hatte er angefangen zu laufen, um seinen Gedanken freien Lauf zu lassen. Damals hatte er auch den Flugschein gemacht, sehr zur Überraschung seiner Brüder. So seltsam es schien, im Pilotensitz zu sitzen, hatte ihm geholfen, sich seiner Mutter und seinem Vater nah zu fühlen. Jetzt hingegen konnte er nur in diesem Rollstuhl sitzen und über das Land hinausstarren.

Der Krampf packte ihn plötzlich. Als würde er von zwei verschiedenen Kräften auseinandergerissen, durchfuhr ihn ein entsetzlicher Schmerz von seinem Bein aus und in seinen Oberkörper und wurde immer schmerzhafter. Schweiß trat auf seine Stirn, und obwohl er versuchte, es nicht zu tun, stöhnte er. Noch nie in seinem Leben hatte er sich so schwach gefühlt. So bar jeder Kontrolle.

So ängstlich.

Da, er gab es zu. Die Ärzte hatten ihm versichert, dass er langsam wieder auf die Beine kommen würde, doch er wollte raus aus diesem Stuhl – das Bedürfnis, nicht mehr darauf angewiesen zu sein, fraß ihn auf. Die Angst, dass sie es nur gesagt hatten, um ihn zu beruhigen, nagte an ihm. Er klammerte sich an die Armlehnen des Stuhls und kämpfte gegen eine Welle der Übelkeit an, als eine Erinnerung aufblitzte, an den Moment, in dem er im Flugzeugwrack aufgewacht war … der ätzende Geruch von brennendem Treibstoff und Öl schlug ihm erneut entgegen. Als er aufgewacht war, war er gefangen gewesen. Er hatte versucht, sich zu bewegen, war aber nicht dazu in der Lage gewesen: Seine Beine waren eingeklemmt. Überall war Blut gewesen und dann der Schmerz … selbst jetzt konnte er ihn nicht vergessen. Was er jetzt fühlte, war nichts dagegen. Er musste diese Gedanken loswerden, verdrängte die Erinnerungen und fuhr mit seinem Rollstuhl in die Küche. Mit unsicherer Hand goss er sich eine weitere Tasse Kaffee ein und beobachtete, wie die Kanne zitterte.

Denk an was Gutes. Seine Schwägerin Melody war vorbeigekommen und hatte dafür gesorgt, dass er alles erreichen konnte, was er brauchte.

Das war süß von ihr gewesen. Seth hatte eine großartige Frau in seinem Leben. Das war definitiv etwas Gutes.

Er trank einen Schluck von dem heißen Gebräu und spürte das Brennen in seiner Magengrube. *Du lebst.*

Der Gedanke hing über ihm in der stillen Küche.

Es war ein guter Gedanke. Gott hatte ihn in den Trümmern des kleinen Flugzeugs am Leben erhalten. Im Gegensatz zu seinen Eltern war sein Leben verschont geblieben. Es war ein Wunder, dass er überlebt hatte. Er wusste das. Er sollte dankbar sein.

Stattdessen fühlte er sich verloren.

Wyatt hatte immer gewusst, wohin er ging. Was er vom Leben wollte und wer er als Mann war.

Die Wahrheit war … etwas hatte sich in diesen Trümmern verändert. Er hatte etwas von sich verloren und war sich nicht sicher, wie er es zurückbekommen sollte.

Der Wecker schrillte um halb sieben. Amanda erwachte aus tiefem Schlaf, öffnete ein Auge und starrte auf die Uhr. Normalerweise war sie ein Morgenmensch, doch heute nicht. Sie tastete nach dem Wecker, schaltete ihn aus und stützte sich auf ihre Ellbogen, dann ließ sie sich auf den Rücken fallen. Hatte sie wirklich eine Begegnung mit Wildschweinen gehabt?

Ja, es war kein Alptraum gewesen. Wyatt hatte sich tatsächlich in Gefahr gebracht. Die Erinnerung an das

Schwein, das auf ihn zu gepprescht war, war hellwach und versetzte sie erneut in Angst und Schrecken. So ein sturer Mann!

Kein Wunder, dass sie so müde war – von hässlichen Schweinen und einem dummen Mann zu Tode erschreckt worden zu sein, konnte einem das antun. Und dann sie anzublaffen, wie er es getan hatte – dieser Mann hatte Nerven!

Ja, kein Zweifel, dass sie sich gegenseitig auf die Nerven gehen würden. Sie konnte es kommen sehen. Seufzend setzte sie sich auf, warf ihre Decke beiseite und rieb ihren Stumpf. Es war eine Angewohnheit aus der Zeit, als sie gerade ihr Bein verloren hatte. Ihr Bein war weg, doch sie spürte es immer noch. Sie hatte sich inzwischen daran gewöhnt, doch die Angewohnheit, die Narbe zu reiben, war geblieben. Es war, als würde sie sagen: „Ich habe dich nicht vergessen." Die Kinder mochten den Gedanken und fanden Trost darin, zu wissen, dass es in Ordnung war, die verlorene Gliedmaße zu vermissen. Sie gähnte und streckte sich dann. Hoffentlich würde es keine weiteren Schweinevorfälle mehr geben, und sie konnte heute Nacht besser schlafen. Sie musste ausgeruht sein, sonst würde es ihr wirklich schwerfallen, mit Wyatt fertigzuwerden. Wyatt. Es war Zeit. aufzustehen und sich an die Arbeit zu machen.

Dreißig Minuten später, nachdem sie geduscht und

sich angezogen hatte, fühlte sie sich hellwach und bereit, ihren ersten Arbeitstag in Angriff zu nehmen. Sie ging über die umgepflügte Wiese. Es war erstaunlich, was diese Tiere angerichtet hatten.

Sie bemerkte, dass sie in die Richtung blickte, in der sie verschwunden waren, um sich zu vergewissern, dass sie ihr nicht aus dem Wald entgegenstürzen würden. Sie schauderte. Sie war letzte Nacht verrückt gewesen, den Trailer zu verlassen.

An der Haustür klopfte sie. Sie hatte schon fast geglaubt, dass er noch schlief, als er sie öffnete.

„Guten Morgen", sagte sie. Auch er sah aus, als hätte er gerade geduscht. Die Haare in seinem Nacken waren lockig von der Feuchtigkeit. Wyatt hatte schöne Haare – nicht, dass es sie wirklich interessierte, doch er hatte diese Art, mit den Fingern hindurchzufahren.

Anstatt ihren Gruß zu erwidern, nickte er ihr knapp zu und deutete auf das Headset, das er trug. „Ja", sagte er zu seinem Gesprächspartner am anderen Ende, während er den Rollstuhl herumwirbelte und in sein Gespräch vertieft den Flur hinunterfuhr.

„Okey-dokey", schnaubte sie leise. Als sie das alte Gebäude betrat, beobachtete sie, wie er durch die zweite Tür rechts verschwand. Sie spähte in die erste Tür und sah, dass beide Türen in die große Wohnzimmer-/Küchenkombination führten. Da er telefonierte, beschloss sie, sich die Wand mit alten Fotos im Flur anzusehen. Es gab eine Menge Bilder.

„Wie ich sehe, haben Sie die Wand gefunden."

„Oh ja." Sie sah über ihre Schulter zu der Stelle, wo er wieder in der Tür aufgetaucht war. Sie war so auf die Fotos konzentriert gewesen, dass sie nicht bemerkt hatte, dass er sein Gespräch beendet hatte. „Die sind wunderbar. Ich fühle mich wie in einem Museum." Würde er ihr den Vorfall mit den Wildschweinen nochmal vorwerfen?

„Das ist es in gewisser Weise auch. Die sind alle echt. Wir wissen nicht, wer viele der Leute darauf sind, aber Melody versucht, das herauszufinden. Als Geschichtslehrerin interessiert sie sich wirklich dafür, den Gesichtern Namen zuzuordnen."

„Das ist toll. Ich fürchte, in meiner Familie wissen wir nichts, was über meinen Urgroßvater hinausgeht." Offensichtlich würden sie den Vorfall von letzter Nacht ignorieren und weitermachen.

Er sah müde aus, und sie fragte sich, ob er viel geschlafen hatte. Ihr dämmerte, dass er vielleicht schon vor dem Angriff der Wildschweine wach gewesen war.

Sein Blick wanderte über die gesamte Länge der Wand mit den Fotos. „Wenn ich nicht in eine Familie hineingeboren worden wäre, deren Geschichte durch diesen Ort so dokumentiert ist, dann wüsste ich wahrscheinlich auch nichts. Ich bin aber stolz darauf. Diese Ranch steht für viel harte Arbeit und

Aufopferung."

Für ihn war dieses Gespräch schon fast beendet, als ihr dämmerte, dass sie tatsächlich ein anständiges Gespräch führten. Sie wollte, dass es weiterging; vielleicht war das Reden über Familie eine Möglichkeit, ihn aus der Reserve zu locken.

„Und was genau wissen Sie über Ihre Familie?"

Er rutschte auf dem Stuhl herum. „Diese Ranch hat unsere Wurzeln vor sechs Generationen."

„Wirklich?"

Seine Lippe zuckte auf einer Seite. „Mein Ur-Ur-Ur-Ur-Ur-Großvater Oakley hat dieses Postkutschenhaus bei einem Pokerspiel gewonnen."

Sie lachte. „Das gibt's nicht! Ein Pokerspiel?"

„Ja. Der alte Oakley war ein Spieler. Er hatte nicht den besten Ruf und war auch noch Pferdehändler. Es heißt, man hat nie gewusst, ob man ein gestohlenes Pferd von ihm bekommt oder nicht. Doch er konnte Geschichten erzählen und jeden davon überzeugen, das zu tun, was er wollte. Er hatte ein perfektes Pokerface. Daher der Gewinn. Können Sie sich vorstellen, Ihre Lebensgrundlage mit einem Spiel wegzuwerfen?"

„Nein, das kann ich nicht", sagte sie.

„Ziemlich erbärmlich, wenn Sie mich fragen."

„Das ist wahr. Also hat er das hier gewonnen und dann?" Sie war aufrichtig interessiert an diesem Gespräch, doch sie war auch dankbar für die

Gelegenheit, Wyatt kennenzulernen.

„Er zog mit seiner Frau und seinem Sohn hierher, und sie haben jahrelang die Postkutschenstation geführt. Zum Postkutschenhaus gehörten nur siebzig Morgen Land, aber Oakleys Sohn Mason hat ein Mädchen geheiratet, dessen Familie den Rest besaß. Im Laufe der Jahre hat jede Generation Land dazugekauft, wann immer welches an unseren Grenzen zum Verkauf stand."

Wyatts Handy klingelte, und er nahm den Anruf an. Offensichtlich war es wieder sein Büro. Sie fragte sich, wie viel er arbeitete. Sie blieb noch ein paar Minuten im Flur und gab dann die Hoffnung auf, dass er bald auflegen würde. Sie ging ins Wohnzimmer. Ihre Blicke begegneten einander, als er auf die Kaffeekanne zeigte. Sie schüttelte den Kopf, was er kaum zur Kenntnis nahm, da er seine Aufmerksamkeit wieder auf das Telefonat richtete. Schließlich legte er nach einer langen Konversation, die wie aus einer *Law and Order*-Folge klang, auf. Doch nach dem, was sie dem Gespräch entnommen hatte, würde er gleich eine Menge Arbeit bekommen.

„Das klingt so, als würden Sie hart arbeiten." Sie versuchte, den Tadel in ihrer Stimme zurückzuhalten, doch es war unmöglich. Schließlich war er der Typ Mann, der sicher dachte, dass das Büro ohne ihn nicht funktionieren könnte.

„Beratung zu einem Fall mit einem Juniorpartner."

„Ich hoffe, das steht unserer Therapie nicht im Weg."

„Der wird nichts im Wege stehen", versicherte er ihr, und sein Kiefer spannte sich an, als er sprach. „Nichts ist wichtiger, als dass ich aus diesem Stuhl raus und wieder auf die Beine komme."

Sie starrten einander über den alten hölzernen Küchentisch hinweg an, während eine schwere Stille den Raum zwischen ihnen füllte.

„Gut." Sie war es gewohnt, während des Trainings Konfrontationen mit ihren Patienten über die Nutzung von Handys zu haben – wenn sie ihren Freunden schreiben oder im Internet surfen wollten. Sie war es gewohnt, dass ihre Patienten Teenager oder junge Erwachsene waren, kein gutaussehender Mann mit herausforderndem Blick. Ihm zu sagen, wie er sich zu verhalten hatte, fühlte sich extrem unangenehm an, da es offensichtlich keinen Zweifel gab, dass er ihre Einmischung nicht zu schätzen wissen würde.

„Ich denke, wir sollten anfangen", sagte sie und versuchte, die Spannung zwischen ihnen zu zerstreuen. Das war ihre Aufgabe, und sie musste sie erledigen. „Wo ist der Raum, den wir für die Therapie nutzen werden?"

„Auf der anderen Seite des Flurs." Er ging voraus in ein Zimmer, das wahrscheinlich ein Schlafzimmer gewesen war, in dem sich jetzt aber eine Auswahl an Trainingsgeräten befand.

„Sie haben hier ein richtiges Fitnesscenter." Er hielt seinen Stuhl in der Mitte des Raumes an.

„Ich war mir nicht sicher, was wir brauchen würden, also habe ich alles herbringen lassen."

War das Verlegenheit, mit der er sie ansah? Es gab eine Gewichtebank für Langhanteln, eine hochmoderne Universalmaschine, ein Laufband, das so aussah, als könnte es alles tun – einschließlich Gehen. In der Mitte des Raums standen ein Massagetisch und ein Rollwagen mit Handtüchern und Platz für alles, was sie mitgebracht hatte.

„Der Tisch ist toll." Sie ging darauf zu. „Da müssen wir heute Morgen ansetzen. Ich möchte Ihren Zustand einschätzen, und dann fangen wir mit der Behandlung an. Was halten Sie von einer therapeutischen Massage heute Morgen?"

Er runzelte die Stirn – niedlich. „Also *das* ist etwas, wofür ich mich begeistern kann."

„Wenn Sie hier hochkommen würden, fangen wir an." Aus einem anderen Raum des Hauses ertönte ein Piepton, und dann das Geräusch eines Faxgeräts.

„Lassen Sie mich das kurz ansehen."

Er war weg, bevor sie etwas sagen konnte. Sie hatte das deutliche Gefühl, mit seinem Büro konkurrieren zu müssen. Sie würde noch keine voreiligen Schlüsse ziehen, weil er gestern so entschlossen geklungen hatte.

Sie hatte die Massageliege vorbereitet, als er zehn Minuten später zurückkam.

„Brauchen Sie Hilfe?"

Als Antwort bekam sie ein schnelles Kopfschütteln und beobachtete, wie er aufstand. Er stützte sein ganzes Gewicht auf das eine Bein. Sein Gesicht verriet mehr über die Schmerzen, die er litt, als ihm wahrscheinlich lieb war.

Sie wusste, dass es für einen Mann wie ihn schwer war, um Hilfe zu bitten, also hielt sie sich zurück, machte aber dennoch einen Schritt auf ihn zu. Nichts an ihm sah schwach aus. Er trug Sportshorts, seine gut entwickelten Waden waren so gebräunt, dass sie ziemlich sicher wusste, dass er draußen joggte – falls er ein Jogger war, wie sie vermutete.

Sie wollte ihn schon fragen, doch er drehte sich zu schnell um, zuckte vor Schmerz zusammen und verlor das Gleichgewicht. Wenn er seinen linken Arm hätte benutzen können, hätte er nach dem Tisch gegriffen, um sich abzufangen und sein Gleichgewicht wiederzugewinnen, doch das konnte er nicht. Gerade noch stand er, im nächsten Augenblick sackte er zu Boden. Wieder einmal reagierte Amanda instinktiv. Mit pochendem Herzen sprang sie in den Weg einer umstürzenden Eiche und legte ihren Arm um seine Hüfte.

„Hab Sie", keuchte sie und sah zu ihm auf. Erleichtert, dass sie ihn rechtzeitig aufgefangen hatte.

Sein gesunder Arm legte sich zur Unterstützung um ihre Schultern. „Tun Sie sich nicht weh", grunzte er.

„Werde ich nicht." Amanda konzentrierte sich auf ihr eigenes Gleichgewicht und nicht darauf, dass Wyatts Arm um sie lag und ihrer um ihn. Er roch köstlich –

„Großartig, jetzt halten Sie mich auch noch für einen Tollpatsch", stieß er hervor.

Amanda lachte. Der arme Mann war so weit außerhalb seiner Komfortzone und brauchte Hilfe. Und ausgerechnet von einer Frau. Sie drückte aufmunternd seine Taille.

„Ich weiß, wie Sie sich fühlen", sagte sie zu ihm, als sie ihm in die Augen sah.

Ihre Gesichter waren so nah. Ihre Nerven vibrierten wie ein Alarm, und als sie ihn ansah, fühlte sie sich atemlos. Himmel. Sie konnte nicht wegsehen, als sein Blick von ihren Augen zu ihren Lippen fiel und dann wieder hochschoss, um ihren zu halten. Ihr Atem stockte. Sie war nahe genug, um die schillernden hellblauen Sprenkel in seiner dunkelblauen Iris sehen zu können.

Beide reagierten gleichzeitig. Er ließ seinen Arm sinken, doch sie entfernte sich bereits. Sie brachte den Tisch zwischen sie und lächelte sanft.

„Sie sind kein Tollpatsch." Ein Adonis, kein

Zweifel, aber kein Tollpatsch. „Sie machen das großartig."

Er runzelte die Stirn. „Ich habe es bis jetzt geschafft, nicht auf mein Gesicht zu fallen. Und ich sollte Ihnen dabei jetzt nicht den Rücken oder das Bein brechen."

Und einfach so knallte er eine Tür zwischen ihnen zu, als er sich auf die Kante der Massageliege setzte.

„Das haben Sie nicht", antwortete sie.

Verwirrt von der Begegnung und nicht ganz sicher, wie sie damit umgehen sollte, machte sich Amanda an die Arbeit, seine Schulter zu untersuchen. Was tat sie nur? – Sie war gerade von ihrem Verlobten verlassen worden, und doch war sie sich der Tatsache sehr bewusst, wie unglaublich attraktiv ihr neuer Patient war. Es war auf so vielen Ebenen verstörend und so gar nicht typisch für sie.

„Also, wie lautet das Urteil?", fragte Wyatt schließlich, als es so aussah, als würde sie nichts sagen.

Amanda war verstummt, nachdem er sie fast zerquetscht hätte – und was war nur mit ihm los? Er war beinahe in ihren Augen ertrunken, als er auf sie hinabgesehen hatte. Er hatte sich für einen Moment vergessen. Doch er hätte das Gleichgewicht nicht verloren, wenn sich seine Hüfte nicht verkrampft hätte.

Mehr brauchte es nicht, um ihn daran zu erinnern, dass Amanda ihm helfen würde, wieder zu gehen. Und das war das Einzige, woran er denken durfte, wenn es um sie ging.

Das einzige Problem, das er bei dieser Denkweise fand: es zu tun. Nicht einfach, wenn sie mit zarten, effizienten Fingern seine Schulter manipulierte und untersuchte. *Zwölf Jahre.*

Ihr Altersunterschied wäre ihm vor dem Flugzeugabsturz nicht so groß erschienen. Doch im Moment waren es Generationen. Er war noch nie jemand gewesen, der mit Frauen ausgegangen war, die mehr als ein paar Jahre jünger waren als er.

Doch er hatte immer festgestellt, dass Frauen in seinem Alter mehr mit dem Leben in Kontakt standen, als ihm lieb war.

„Heben Sie bitte Ihren Arm", sagte sie und brach die Stille. Sie streckte ihre Hand aus und wartete darauf, dass er der Bitte nachkam.

Er hob seinen Arm, konnte ihn aber nicht auf Höhe ihrer Hand bringen, die sie etwa zwischen seinem Ellbogen und seiner Schulter hielt.

„Okay. Auf einer Skala von eins bis zehn, wie ist der Schmerz?"

„Ungefähr eine Sieben", brachte er heraus.

„Auf der konservativen Seite?", fragte sie mit einem wissenden Blick. Einer, der sagte, dass sie genau wusste, wie schwer er verletzt war.

Er nickte und ließ sie wissen, dass sie recht hatte, als er seinen Arm senkte. Seine Schulter pochte. Nach ein paar weiteren Fragen und einer Beurteilung seiner Hüfte und seines Rückens entfernte sie sich schließlich und gab ihm etwas dringend benötigten Raum. Die Frau war professionell, und er mochte ihre Arbeitsweise. Ihr ernster Gesichtsausdruck tat ihrer Attraktivität keinen Abbruch, als sie Fragen stellte und sich Notizen machte. Beeindruckend.

„Genau wie ich es mir bei der Durchsicht Ihrer Krankenakte gedacht habe", sagte sie. „Wir fangen mit ein paar einfachen Isolationsübungen an, um der Muskel-Sehnen-Kappe zu helfen. Das sollte sich recht schnell verbessern, und wir werden diese Schlinge nicht lange brauchen. Die Ärzte haben Sie da reingesteckt, damit Sie den Arm nicht belasten, bevor wir mit der Arbeit anfangen konnten. Das könnte Ihnen helfen, besser zu schlafen."

Er rieb sich den Kiefer. Seine Schulter war nicht das, was ihn nachts wachhielt oder ihn dazu brachte, Wege zu finden, seinen Geist zu beschäftigen. Die Alpträume schafften das ganz von allein.

„Das wäre gut", sagte er, und obwohl er wusste, dass es ihm nicht beim Schlafen helfen würde, war er mehr als bereit, die Schlinge loszuwerden. „Sie können Sie sofort verbrennen, und ich werde mich nicht beschweren."

Sie lächelte, und ihre Rehaugen funkelten. „Ich werde Ihnen diese Ehre überlassen, wenn Sie möchten. Sie müssen mir nur versprechen, dass Sie Ihren Arm nicht überstrapazieren, sonst müssen Sie die Schlinge wieder tragen."

„Pfadfinderehrenwort, ich werde mich benehmen."

„Gut. Mit der Hüfte und dem Rücken wird es länger dauern, doch die gute Nachricht ist, dass Sie in weniger als zwei Wochen aus diesem Stuhl raus sein werden. Dann fängt die eigentliche Arbeit an. Sie brauchen sich jedoch keine Sorgen zu machen, Sie kommen wieder auf die Beine."

Er ließ ihre Worte auf sich wirken. Die Ärzte hatten dasselbe gesagt, doch er hatte ihnen nicht geglaubt. Nicht bei den Schmerzen, die er hatte.

„Sind Sie sicher?" Er fühlte sich verwundbar, als er die Frage stellte, doch angesichts der Tatsache, dass Amanda das durchgemacht hatte, was sie durchgemacht hatte, war er sich ziemlich sicher, dass sie seine Unsicherheit verstand.

Amanda verschränkte die Arme, neigte den Kopf zur Seite und warf ihm einen aufmunternden Blick zu.

„Ich bin sicher. Sie müssen einfach alles geben. Diese Hüfte wird sich beschweren, aber ich werde Ihnen mit diesen Krämpfen helfen, und es wird jeden Tag besser werden."

Nur die Zeit würde zeigen, ob sein Vertrauen in Amanda begründet war – doch er fühlte sich ermutigt. Und das war ein gutes Gefühl.

„Dann lassen Sie uns anfangen. Ergebnisse sind das, was mich interessiert. Ich würde das gerne in einer Woche schaffen anstatt in zwei."

„Realistisch betrachtet ist das nicht ratsam." Sie warf ihm einen offenen Blick zu, ihre Lippen zu einem sanften Lächeln verzogen. „Aber aus irgendeinem Grund habe ich das Gefühl, wenn Sie sich etwas in den Kopf setzten, dann schaffen Sie das auch."

Gedanken an den Absturz schossen ihm durch den Kopf. Er rieb sich die Schläfe, doch das linderte das Pochen hinter seinen Augen nicht.

„Ja, so bin ich. Ich schaffe das."

KAPITEL SECHS

„Also, wie kommt ihr zurecht?", fragte Seth Wyatt am zweiten Tag nach Amandas Ankunft. Er hatte darauf bestanden, den Traktor rüberzubringen, um die von den Schweinen zerstörte Wiese zu glätten.

Wyatt kämpfte gegen einen Krampf an, der ihn von seiner Hüfte aus durchbohrte, und verbarg eine Grimasse vor Seth.

„Wir verstehen uns ganz gut."

Seth schien von seiner Antwort nicht beeindruckt zu sein. „Ganz gut? Mir gefällt nicht, wie sich das anhört. Machst du ihr immer noch das Leben schwer?"

„Wir kommen schon klar, Seth. Hör auf, dir Sorgen zu machen. Wenn sie sich nicht umbringt, weil sie impulsiv handelt wie letzte Nacht."

„Was hat sie getan?"

„Sie ist aus ihrem Trailer gekommen, als eine Rotte Wildschweine im Hof war."

Seth sah alarmiert aus. „Warum sollte sie so einen Blödsinn machen? Sie hätte fallen können …" Er presste mitten im Satz den Mund zusammen und runzelte die Stirn. „Hat sie dir von ihrem Unfall erzählt?"

„Du meinst, dass sie von einem betrunkenen Fahrer angefahren wurde?", fragte Wyatt und wunderte sich über Seths Reaktion.

„Ja", sagte Seth. „Was hat Sie gesagt?"

„Dass sie schwer verletzt war – fast gestorben wäre – und danach von ihren Eltern zu Hause unterrichtet werden musste."

„Hat sie dir gesagt, was ihre Verletzungen waren?"

„Nein. Ich habe sie nicht gebeten, näher darauf einzugehen. Ich bin mir sicher, wenn sie darüber reden wollte, hätte sie es mir gesagt. Das muss für ein Kind in ihrem Alter schrecklich traumatisch gewesen sein." Er wusste, was er mit seinen Alpträumen durchmachte. „Warum, steht was darüber in ihrem Exposé?"

Seth sah wütend aus. „Ja. Und Sie hätte nicht da draußen bei den Schweinen sein sollen."

Wyatt empfand Reue. „Ich kann nicht zulassen, dass sie die ganze Schuld auf sich nimmt. Ich war auf der Veranda, und eines kam auf mich zu. Sie dachte, ich würde gleich von dem Ding überrannt werden, und ich nehme an, sie meinte, mich retten zu können."

„Was hast du dir dabei gedacht? Du sitzt im

Rollstuhl, Wyatt. Und sie hätte wirklich verletzt werden können. Das ist ein bisschen anders als damals, als du, Cole und ich diese Dinger gejagt haben. Was wolltest du tun? Mit dem Ding davonfahren? Das Vieh mit einem Arm zu Boden ringen?"

Vielleicht hätte er seine Beteiligung nicht zugeben und diese Dosis Realität für sich behalten sollen. Er hatte keine Ahnung gehabt, was er tun sollte, als er erst einmal da draußen war …

„Ich wäre schon klargekommen", blaffte er. „Das Wichtigste war, dass Amanda nach draußen gestürmt ist und hätte verletzt werden können – sie hätten sie umreißen können. Zumindest waren sie zu sehr damit beschäftigt, wegzukommen, um sie zu verletzen. Trotzdem hätte der Eber, der auf mich zugekommen ist, sie angreifen können."

„Also nehme ich an, du hast sie ziemlich angemacht deswegen?"

„So schlimm auch wieder nicht. Aber sie verträgt Kritik nicht so gut."

„Ha!" Seth lachte. „Dann habt ihr zwei was gemeinsam."

Wyatt warf ihm einen finsteren Blick zu.

„Es ist wahr, und du weißt es."

„Sie ist auch nicht glücklich darüber, dass ich arbeite."

„Hat sie dir das gesagt?"

„So gut wie. Es stand ihr in dem Moment ins Gesicht geschrieben, als sie es herausgefunden hat.”

Ein breites Grinsen breitete sich auf Seths Gesicht aus, zusammen mit einem neckenden Glitzern, das nur als durch und durch typisch Turner beschrieben werden konnte.

„Was stört dich so sehr an dieser Frau? Du bist irritiert über alles, was sie tut.”

Wyatt brauste auf. „Hey, du und Cole wart es, die sie eingestellt haben. Ich weiß immer noch nicht, was ihr zwei Schwachköpfe euch gedacht habt. Sie ist zu jung. Und die meiste Zeit hat sie mit Kindern gearbeitet. Sie ist absolut nicht die Richtige für diesen Job. Der Schweinevorfall hat das bewiesen. Und doch ist sie hier. Warum?”

„Weil wir, großer Bruder, jemand anderen eingestellt hatten, der aus familiären Gründen absagen musste. Amanda war – nun, offen gesagt, sie war unser letzter Ausweg. Doch ihre Chefin hat uns versichert, dass sie viel besser als die andere Physiotherapeutin in der Lage sei, mit deinem Fall umzugehen. Also haben wir sie gebucht. Du musst dich nur zusammenreißen und tun, was sie sagt. Es wird großartig.”

Ja, genau. Das würde er glauben, wenn er es sah. „Und sie irritiert mich nicht. Es ist nichts Persönliches. Sie ist einfach nicht die Richtige für den Job.” Nun, es war ein bisschen persönlich. Aber das würde er seinem

Bruder sicher nicht sagen.

Seth warf ihm einen ungläubigen Blick zu. „Du bist so irritiert von dieser Frau, dass es nicht einmal mehr lustig ist. Abgesehen von all diesen anderen Ausreden bin ich neugierig, ob es etwas damit zu tun hat, dass du sie attraktiv findest. Sie ist hübsch, hat Mut und genug Entschlossenheit, dass ich dachte, sie könnte dir gefallen."

„Sie ist zwölf Jahre jünger als ich …"

„Und? Du bist nicht mehr auf der Highschool. Es spielt keine Rolle."

Wyatt war anderer Meinung. Doch ja, sicher, kein Zweifel – er fand seine Physiotherapeutin attraktiv.

„Zwölf Jahre sind mir ein zu großer Unterschied. Ich will sowieso nichts mit Amanda anfangen. Sie ist wegen eines Jobs hier und alles, was ich im Moment will, ist, wieder mobil zu werden. Das ist wichtiger als ein Date."

Aus irgendeinem Grund sagte ihm Seths Grinsen, dass er ihm das nicht abkaufte. Und wenn schon.

„Hör auf zu grinsen, Bruder, und dann schwing dich wieder auf den Traktor und zieh den Boden glatt."

„Sie scheint sich wirklich wieder ganz erholt zu haben … ich meine, nachdem sie nach dem Unfall in so schlechter Verfassung war."

„Das hat sie. Der Fahrer hätte sie jedoch beinahe umgebracht und blieb unverletzt. Das ist ungerecht."

Wyatt war leichtsinnig gewesen, sein Flugzeug zu fliegen, als er es nicht hätte tun sollen. „Ich bin dankbar, dass mein Flugzeugabsturz niemandem außer mir geschadet hat", sagte er reuig. „Damit hätte ich nicht leben können. Was, wenn ich jemanden getötet hätte?" Die Vorstellung machte ihn krank. Seine Eingeweide zogen sich zusammen, und sein Rücken begann, sich wieder zu verkrampfen. Er wusste, dass der Krampf ihn jeden Moment packen und er vor Schmerz am liebsten schreien würde.

„Daran hatte ich nicht gedacht", sagte Seth, und jeglicher Humor war verflogen. „Wyatt, das ist nicht dasselbe. Du hast diesen Absturz nicht wissentlich herbeigeführt, und du hast nicht getrunken und bist geflogen. Ich hoffe, du machst dir keine Vorwürfe deswegen. Es war ein Unfall. Das ist alles. Genau wie der Unfall von Mom und Dad."

Wyatt verzog das Gesicht, als der Schmerz ihn durchzuckte, und bemühte sich, ihn zu verbergen. „Ich wusste es besser, als mitten in einem solchen Sturm zu fliegen. Es war meine Schuld. Es war schlichte Fahrlässigkeit. Anders als bei Dad. Sein Absturz war an einem klaren Tag. Er hat nichts Dummes getan."

Seth wandte den Blick ab und studierte den Boden, während er nach einer Antwort suchte. Wyatt wusste, dass Seth im Grunde zustimmen musste. Seth war zu verantwortungsbewusst, zu schwarz und weiß, wenn es um richtig und falsch ging, um es nicht so zu sehen, wie Wyatt es tat. Es war nur sein Beschützerinstinkt für seinen Bruder, der ihn dazu brachte, Ausreden für ihn zu finden.

„Du kannst mir ruhig zustimmen", sagte Wyatt. „Du weißt genau, dass du versucht hast, es mir auszureden. Ich hätte auf dich hören sollen."

Seth holte tief Luft, nahm den Stetson vom Kopf und sah ihn mit besorgten Augen an. „Komm schon, Wyatt, das mag alles richtig sein. Doch du darfst dir nicht mehr den Kopf darüber zerbrechen. Du darfst deine Entscheidung nicht im Nachhinein hinterfragen. Du bist mitten in diesem Sturm geflogen, und es war nicht das erste Mal. Du bist einer der besten Privatpiloten überhaupt. Du hattest noch nie zuvor einen Zwischenfall – und selbst damals, als du Triebwerksstörungen hattest, hast du das Flugzeug gelandet. Der Unfall ist passiert, weil er passiert ist, und gut. Plag dich deswegen nicht, und vergiss ihn einfach."

Wyatt schloss seine Augen gegen den Schmerz, der ihn durchzuckte, und Erinnerungen an den Moment, als er eingeklemmt im Wrack gelegen hatte, tauchten vor seinem inneren Auge auf. Nicht gut. Er öffnete die Augen und stellte fest, dass Seth ihn besorgt beobachtete.

„Mir geht's gut, Seth. Hör auf, dir Sorgen zu machen."

„Dir geht's nicht gut, und das wissen wir beide. Ich werde die Wiese glätten und dann nach Hause fahren. Ich kann dir nur raten, lockerer zu werden. Hör auf, darüber nachzudenken, wie du die Kontrolle verloren hast – du und ich haben beide ein Problem mit Kontrolle. Gott hat die Kontrolle, selbst wenn wir denken, dass wir diejenigen sind, die am Steuer sitzen. Du kannst nicht sehen, was der Plan im Moment ist, aber glaub mir, er kann es. Das habe ich auf die harte Tour gelernt. Schwimm einfach mit dem Strom, und lass es dir gut gehen. Hör auf, zurückzublicken und dir Vorwürfe zu machen, und sei froh, dass du bei diesem Absturz niemanden verletzt hast. Und tu auf jeden Fall, was deine hübsche Physiotherapeutin dir sagt, damit du wieder du selbst wirst."

Wyatt war sich nicht sicher, ob er jemals wieder er selbst werden würde. Was Seth gesagt hatte, war wahr. Er hatte bei diesem Crash herausgefunden, wie leicht und schnell man die Kontrolle verlieren konnte.

Seth wollte auf den Traktor zugehen, blieb aber stehen. „Es gab nur einen Menschen, der vollkommen war, und sein Name war Jesus. Du bist ein Mensch, Wyatt. Bist es immer gewesen, wirst es immer sein. Alle Menschen machen Fehler, also nimm's nicht so schwer, okay? Cole wird nicht heiraten, bis du aufstehen und sein Trauzeuge sein kannst. Er zählt darauf, dass du mit

Leib und Seele für ihn da bist."

Wyatt beobachtete, wie Seth über den Hof zum Traktor ging. Als er Seths Grinsen sah, während er auf den Sitz kletterte, wurde Wyatt daran erinnert, wie stark Seth nach dem Tod ihrer Eltern gewesen war. Seth war immer ernst und ehrlich gewesen. Manchmal zu ernst, und immer viel erwachsener als sein Alter es vermuten ließ. Wyatt wusste, dass Seths Rat jetzt so wahr war wie immer, doch im Moment, bei all den Dingen, die in seinem Kopf vor sich gingen, war es nicht so leicht, diesen Rat zu befolgen.

„Hey, großer Bruder, während du daran arbeitest, aufzustehen, vergiss diese zwölf Jahre und lerne Amanda kennen. Sie scheint die Art von Mädchen zu sein, die großartig für dich sein könnte."

„Arbeiten, nicht labern, Seth."

Diesen Rat würde er nicht annehmen. Im Moment war das Letzte, woran er denken musste, eine Frau.

Seth ließ sich auf den Sitz fallen. „Hey, das werde ich, aber ich sage nur …"

„Und ich sage, mach dich an die Arbeit."

Wyatt dachte an Amanda und wusste, dass sie, wenn sie hörte, was Seth sagte, wahrscheinlich lachend ihre Sachen packen und ganz schnell zurück nach San Antonio fahren würde … und das berechtigterweise von ihrer Warte aus betrachtet.

* * *

„Warum arbeiten Sie eigentlich nicht mehr mit Kindern? Hatten Sie es satt?"

Die Frage überraschte Amanda. Sie stand in der Küche und holte einen Hühnerauflauf aus dem Ofen. Früher an diesem Tag waren Seths Frau Melody und Coles Verlobte Susan vorbeigekommen, um sie kennenzulernen. Sie hatten Essen mitgebracht und sie herzlich willkommen geheißen. Melody war Geschichtslehrerin und Susan Tierärztin. Sie waren nicht lange geblieben, doch es war schön gewesen, sie kennenzulernen. Wyatt hatte ihnen eine Weile Gesellschaft geleistet, doch nachdem sie gegangen waren, war er für den Rest der Therapie sofort wieder so kommunikativ wie ein Stein gewesen. Und jetzt fragte er sie *das*? Von allen Dingen, über die sie reden könnten.

Sie stellte die heiße Auflaufform zum Abkühlen auf den Herd und zog dann die Ofenhandschuhe aus, während sie genau überlegte, wie sie seine Frage beantworten sollte.

„Nein. Ich hatte es nicht satt. Ich habe einfach eine Veränderung gebraucht."

Sie griff in den Schrank und holte einen Teller für ihn und einen für sich heraus – um ihren mit zurück in den Trailer zu nehmen, wie sie es seit ihrer Ankunft getan hatte. Sie konnte seine blauen Augen auf sich spüren und musste sich zwingen, sich nicht befangen zu fühlen. Die Tatsache, dass sie ihn attraktiv fand, störte sie. Es half überhaupt nicht. Es war einfach nur dumm.

„Ich dachte, Sie haben gesagt, dass Sie Ihre Arbeit lieben."

Der Mann erinnerte sich an viel zu viele Details aus ihrem Gespräch.

„Das tue ich auch." Sie wog ihre Optionen ab. Sie würde ihm nicht sagen, dass sie keine Kinder bekommen konnte, doch sie musste etwas sagen. „Ich will ehrlich sein. Ich stand kurz vor der Hochzeit, und mein Verlobter hat entschieden, dass er mich doch nicht wollte. Nach so etwas braucht man einen Tapetenwechsel. Also habe ich entschieden, dass es eine gute Idee ist, für ein paar Monate hierher nach Mule Hollow zu kommen." Das war so ziemlich die beste Antwort, die sie geben konnte. Es war auch die Wahrheit. Nur abzüglich einiger Details.

Sie schaufelte ihm Hühnchen und Reis auf den Teller und sah ihn an, als er nichts sagte. Er hatte einen intensiven Ausdruck auf seinem Gesicht, als er sie beobachtete.

„Das muss hart gewesen sein." Seine Stimme wurde sanfter. Sein Mitgefühl war unerwartet.

„Ja", sagte sie, atmete langsam ein und versuchte, ihre angespannten Nerven zu beruhigen. „Das war es.

Aber es ist, was es ist. Es ist besser, es vorher zu wissen."

„Stimmt, aber das macht es nicht weniger schmerzhaft."

Sie starrte ihn kurz an, erschrak umso mehr. Mit zitternden Händen belud sie ihren eigenen Teller, griff dann nach der Folie, riss ein Stück ab und deckte ihr Essen damit ab. Sie musste nach Hause – in ihren Trailer auf der anderen Seite der Wiese.

„Aber ich habe meine Arbeit, und das ist gut so", sagte sie schließlich und hoffte, dass er nicht zu viele weitere Fragen stellen würde. Sie war nicht bereit für Fragen.

Jedenfalls nicht von ihm.

Wyatt musterte Amanda und fragte sich, was sie ihm verheimlichte. Er hatte viel über ihre Unterhaltung nachgedacht, obwohl er versucht hatte, es nicht zu tun.

„Sie sind also hier, um zu arbeiten. Eine Flucht?" Wie in seinem Fall?

Sie stellte seinen Teller neben das Glas Tee und die ordentlich gefaltete Serviette auf den Tisch. Sie hatte seinen Platz immer sorgfältig eingedeckt und richtete jetzt die Serviette gerade – obwohl es nicht nötig war. Sie war aufgewühlt, nervös. Er wartete ab, was sie noch sagen würde. Nervöse Leute redeten, wenn man schwieg und ihnen Gelegenheit gab.

„Ich denke, ich könnte es leugnen, aber es gibt keinen wirklichen Grund dazu. Ja. Ich bin hier, um zu arbeiten und zu vergessen und …" Sie trat einen Schritt zurück und lächelte, obwohl es ihre Augen nicht erreichte. Nein, ihre Augen waren fast glasig. „Nun, hier ist Ihr Abendessen. Ich werde rüber in meinen Trailer gehen." Sie wandte sich ab und nahm ihren Teller. Sie war den Tränen nahe.

Wyatt hatte den Impuls, sie zu bitten, zu bleiben und mehr zu reden – doch es war klar, dass es sie aufregte, darüber zu sprechen, also tat er es nicht. Sie war nicht bereit. Und das war persönlicher, als er wollte …

Doch wie hatte ein Mann sie so verletzen können?

Er zwang sich, seinen Stuhl an den Tisch zu fahren. „Danke fürs Servieren", sagte er und unterdrückte seinen natürlichen Instinkt, tiefer zu graben. Jetzt war nicht der richtige Zeitpunkt … und es ging ihn sowieso nichts an.

Sie sah ihn kaum an. „Gern geschehen. Rufen Sie mich, wenn Sie was brauchen."

Er sah ihr nach. Ihr glänzendes dunkles Haar schwang im Takt ihrer Schritte mit, als sie sich bewegte. Warum hatte ihr Verlobter sie verlassen? Es spielte keine Rolle, denn sie war ohne ihn besser dran, wenn er sie nicht hatte heiraten wollen. An der Art und Weise, wie sie reagiert hatte, war jedoch offensichtlich, dass sie ihn geliebt hatte – und immer noch liebte. Ihre Gefühle waren echt gewesen. Ihr Kummer war offensichtlich. Wyatt mochte es nicht, ihren Schmerz zu sehen. Doch sie hatte recht – ihre Arbeit würde ihr helfen. Zumindest, damit fertig zu werden, so wie seine Arbeit ihm half.

KAPITEL SIEBEN

manda eilte hinaus, als stünde das Haus in Flammen. Sie hätte nicht über Jonathan sprechen sollen. Sie hatte nicht vorgehabt, es jemandem zu erzählen – schon gar nicht Wyatt. Und jetzt hatte sie sich ihm so geöffnet, obwohl es besser gewesen wäre, den Mund zu halten.

Aufgewühlt sank sie auf den Küchenstuhl ihres Trailers und hatte das Gefühl, dass die Wände immer näher kamen. Sie hatte ihre Bibel beim Auspacken neben ihr Bett gelegt, doch sie hatte sie nicht aufgeschlagen. Jetzt griff sie danach, weil sie das dringende Bedürfnis verspürte.

Doch wie all die anderen Male, die sie seit der Trennung versucht hatte zu lesen, schaffte sie es nicht. Es fühlte sich an, als wäre eine Barriere zwischen ihr und den auf der Seite abgedruckten Worten. Oh, sie konnte sie lesen, doch es war, als ob jemand sprach und sie sich in einem schalldichten Raum befand und nichts hörte. Sie klappte das Buch zu und ging nach draußen, da sie frische Luft brauchte.

Sie ging auf die Rückseite des Trailers, da sie nicht wollte, dass Wyatt sie auf und ab gehen sah. Sie hatte etwas gesehen, das wie eine niedrige Mauer in der Nähe des Waldrandes aussah, und sie war angenehm überrascht, einen Torbogen mit einem Eisentor zu finden. Die Scharniere quietschten, als sie das Tor aufzog, und sie war fasziniert, als sie Steinstufen entdeckte, die den Hügel hinabführten.

Wie alt waren die Mauer und die Treppe?

Sie konnte Wasser rauschen hören und folgte vorsichtig den Stufen nach unten auf das Geräusch zu. Durch die Bäume sah sie den Fluss – er sah so unruhig aus, wie sie sich fühlte. Am Fuß der Stufen fand sie einen großen Felsen, der über das Wasser hinausragte. Sie ging zu dem Felsen und starrte auf das aufgewühlte Wasser hinab.

Obwohl das Wasser wirbelte und wogte, war es ein friedlicher Ort. Einfach schön. Riesige Eichen säumten die Ufer hinter ihr. Der Felsen, auf dem sie stand, war Teil einer langen Formation, die den Fluss verengte. Es war ein wunderbarer Ort. Sie ging den breiten Felsen hinunter und fand einen Platz zum Sitzen. Sicherlich würde sie hier denken können.

Sie hatte sich erlaubt, eine Grenze zu überschreiten,

indem sie an Jonathan gedacht hatte. Er hatte erkannt, dass es da draußen so viel mehr gab, was er ohne sie haben könnte. Wie konnte sie ihm einen Vorwurf daraus machen, wenn sogar sie wusste, dass er recht hatte? Sie atmete zitternd ein, fühlte eine Träne über ihre Wange rollen und wischte sie weg. *Hilf mir, das durchzustehen.* Die Worte kamen ganz von selbst, eher eine Bitte als ein Gebet. Und alles, was sie tun konnte, war zu hoffen, dass Gott ihr antworten würde.

Wyatt war am Telefon, als Amanda am nächsten Morgen ihren Kopf durch die Tür steckte. Sie konnte immer noch nicht glauben, dass sie ihm von Jonathan erzählt hatte. Sie musste davon ausgehen, dass Wyatt wahrscheinlich nicht übersehen hatte, wie aufgewühlt sie gewesen war. Oder dass sie ihr Licht in dieser Nacht nicht lange ausgeschaltet hatte … seines war bis zum frühen Morgen eingeschaltet geblieben.

Sie brauchte heute Arbeit – keine Konversation. Ein Blick auf sein Gesicht verriet ihr, dass er extreme Schmerzen hatte.

„Sieht so aus, als brauchen Sie mich heute wirklich." Sie hatte Mitgefühl mit ihm, als sie zum Therapieraum ging. „Lassen Sie uns mit dem Tisch anfangen, und nachdem wir etwas von Ihrer Qual gelindert haben, arbeiten wir an den Bändern. Dann, wenn Sie dazu bereit sind, fangen wir an Ihrem Arm an."

„Geben Sie mir einen Moment", sagte er abgelenkt. „Ich muss noch einen Anruf erledigen." Er wählte bereits die Nummer, als sie sich umdrehte, um ihn von der Tür aus anzustarren.

Er sah zusätzlich zu den Schmerzen erschöpft aus, und sie war nicht in der Stimmung, die Dinge schleifen zu lassen.

„Sie sind verletzt und müssen sich entspannen. Schluss damit."

Seine Miene verdunkelte sich. „Ich sagte, ich bin gleich soweit. Das ist wichtig."

Amanda stemmte ihre Fäuste in die Hüften. „Im Moment ist Ihr Wohlbefinden das Wichtigste in Ihrem Leben. Und das Einzige, was mich interessiert. Ihre Arbeit ist nicht meine Priorität. An wie vielen Fällen arbeiten Sie überhaupt? Sie können mir nicht sagen, dass all diese Telefonate und der ganze Papierkram nur ein Fall sind."

Er antwortete nicht, starrte sie nur an, als hätte sie den Verstand verloren. Vielleicht hatte sie das, denn sie hörte nicht auf. „Beraten Sie die Fälle der gesamten Kanzlei? Wissen diese Leute nicht, dass Sie eine Auszeit brauchen, um gesund zu werden?"

Er sah verwirrt aus. „Ich arbeite, weil ich es will. Und weil das meine Fälle sind, die andere auf ihren

Schultern tragen müssen. Ich muss das durchziehen.”

„Nun, ich muss Ihre Therapie durchziehen. Also legen Sie auf, sofort.”

Er starrte sie überrascht an. Sein Gesichtsausdruck war einer, den sie bei ihren jugendlichen Patienten gesehen hatte, wenn sie gedroht hatte, ihnen ihre Handys wegzunehmen. Es war eine Mischung aus Unglauben und Verärgerung.

„Ich mache keine Witze, Wyatt. Als Ihre Physiotherapeutin sage ich Ihnen, dass Sie Ihre Gesundheit an erste Stelle setzen und hier auf diesen Tisch kommen müssen.“

Er sah überhaupt nicht glücklich aus, legte aber auf und fuhr mit seinem Rollstuhl an ihr vorbei ins Therapiezimmer.

Amanda betete um Geduld, während sie ihm folgte. Sie hatte nicht erwartet, dass das einfach werden würde, und in Wirklichkeit hatte sie viel schlimmere Rebellion von einigen Kindern erlebt, die ihren Schmerz und ihre Trauer an ihr ausließen. Sie hatte ihnen schließlich geholfen, und sie würde dasselbe mit Wyatt tun. Gestern hatte sie ihn ihre emotionale und persönliche Seite sehen lassen. Das war ein Fehler gewesen.

Sie wartete, während er sein Hemd auszog und sich auf den Tisch setzte. Seine Muskeln spielten dabei und zogen ihre Aufmerksamkeit auf sich. Der Mann war etwas Besonderes – sogar mit den frischen Narben auf seinem Rücken. Er sagte kein Wort, und es störte sie nicht. Sie musste das strikt professionell halten. Ihre Gedanken durften sich nicht in einer Weise mit seinen Muskeln beschäftigen, die nicht mit deren Reparatur zu tun hatte und damit, ihn wieder auf die Beine zu bringen.

Sie machte sich an die Arbeit, konzentrierte sich darauf und unterließ es, ihn nach seinem Unfall zu fragen, wie sie es die anderen Male getan hatte, als sie ihn massiert hatte. Sie dachte, wenn er darüber reden wollte, würde er es tun. Die roten Narben verliefen auf seiner linken Seite über seinen Rücken, und es gab auch ein paar auf seinem Arm und seiner Brust. Von der Heizeinheit nahm sie Heizkissen und legte sie auf seinen Rücken und seine Hüfte und deckte ihn dann mit warmen Handtüchern zu.

„Entspannen Sie sich einfach, und lassen Sie sich von der Hitze entkrampfen", sagte sie, ging dann zu dem kleinen Schreibtisch und schlug seine Akte auf. Eine Sache, über die sie froh war, war, dass *er* heute keine weiteren Fragen stellte.

Sie hatte eine harte Nacht hinter sich, nachdem sie ihm von Jonathan erzählt hatte. Schlaf hatte nicht geholfen – das bisschen, das sie bekommen hatte, war unruhig gewesen. Sie war, wie es schien, müder aufgewacht, als sie eingeschlafen war.

Ihr Blick wanderte zurück zu Wyatt, der mit

gesenktem Kopf unter den Handtüchern lag und durch das Loch im Tisch auf den Boden starrte.

„Das Anwesen ist wunderschön", sagte sie, da sie plötzlich Unterhaltung brauchte. „Ich habe die Steintreppe gestern Abend gefunden."

„Sie sind zum Fluss runtergegangen?"

„Ja. Es war fast so, als wäre ich in eine andere Zeit zurückversetzt worden, als ich dort unten gesessen habe. Ich frage mich, wie alt diese Treppe ist."

„Mindestens hundertfünfzig Jahre – wie das Haus. Ich denke, es wurde alles gleichzeitig gebaut."

„Wie schön." Als er nichts sagte, fügte sie hinzu: „Diejenigen, die im Laufe der Jahre hier vorbeigekommen sind, müssen den Frieden gespürt haben, als sie hier angekommen sind." Sie hatte ihn kurz gespürt. Sehr kurz.

„Das dachte ich auch immer."

Sie hatte diesmal nichts, um die Stille zu füllen.

Wyatt rutschte auf dem Tisch herum. „Ich habe das Land hier immer geliebt."

Das wusste sie schon von den anderen Gesprächen.

„Warum sind Sie weggezogen?" Die persönliche Frage war heraus, bevor sie es verhindern konnte. Doch sie war neugierig, und sie brauchte etwas, um sich von ihren eigenen Sorgen abzulenken. Sekunden vergingen, als wäre auch er unsicher, ob er sich weiter unterhalten wollte.

„Ich wollte schon immer Anwalt werden", sagte er schließlich.

„Oh." Sie suchte nach etwas, das sie fragen konnte.

Warum hatte sie das Gespräch initiiert?

„Sind Sie eigentlich immer so herrisch?"

Sie war dankbar für die unerwartete Frage, auch wenn das Gespräch persönlich wurde. „Meine Mama sagt ja."

Er hob den Kopf vom Tisch und sah sie an. „Ich habe das Gefühl, dass sie recht hat."

Sie konnte in seinen Augen sehen, dass er immer noch Schmerzen hatte, und sie war sich nicht sicher, ob er redete, um sich davon abzulenken. Doch sie wollte nicht, dass er sie ansah.

„Nehmen Sie den Kopf wieder runter. Sie haben noch fünf Minuten."

Er ignorierte sie. „Also, was war das Problem dieses erbärmlichen Typen?"

Das war nicht das Gespräch, das sie führen wollte. „Er war nicht erbärmlich."

„Was?" Wyatt stützte sich mit seinem gesunden Arm vom Tisch hoch. „Wenn dem so ist, was haben Sie dann gemacht?"

Sie ging zu ihm und entfernte hastig die Heizkissen.

„Gar nichts. Können wir das Thema wechseln?" Warum hatte sie das gesagt? Es würde seine Neugier nur noch mehr anstacheln.

Sie drückte ihn auf die Liege und fing an, an seinem Rücken zu arbeiten.

„Sind Wildschweine hier normal? Kommen die auch am Tag hierher?"

Sie hatte ihre morgendlichen Joggingrunden noch nicht begonnen, wusste jedoch, dass es an der Zeit war. Sie brauchte die Entspannung, die ihr das Joggen gab. Doch der Vorfall mit den Wildschweinen hatte dem einen Strich durch die Rechnung gemacht und … tatsächlich hatte sie sich einfach nicht dazu bringen können, früh aufzustehen, wie sie es normalerweise tat. Sie wusste, dass es ihr helfen würde, sich wieder besser zu fühlen, wenn sie wieder damit anfing. Sie war sich nur nicht sicher, ob sie im Morgengrauen allein über die Weiden joggen sollte.

„Seth lässt regelmäßig Fallensteller kommen, um den Bestand klein zu halten. Fast jeder Rancher hat Probleme mit ihnen. Sie könnten also auf sie stoßen, aber wahrscheinlich nicht tagsüber. Warum, haben Sie vor, welche zu fangen?"

„Kaum. Ich will wirklich nichts mit diesen Dingern zu tun haben."

„Gut. Sie könnten irgendwann in der Nacht zurückkommen, und wenn sie das tun, müssen Sie auf jeden Fall drinnen bleiben. Aber tagsüber werden Sie wahrscheinlich keine sehen."

„Sind Sie sicher?"

Sie wollte nicht ausdrücklich erwähnen, dass sie früh am Morgen laufen würde und dass sie ein bisschen Angst hatte. Okay, eine Menge. Sie war ein Feigling. Sie würde morgen laufen. Schweine hin oder her, sie würde sich aus diesem Zustand der Lethargie befreien. Sie wusste, dass es all die unterdrückten Gefühle waren, die sie herunterzogen. Sie hatte gehofft, dass die Arbeit helfen würde, doch bisher hatte sich nichts geändert.

„Die Muskeln lockern sich. Hat der Schmerz schon nachgelassen?" Sie war froh zu spüren, wie er sich mit jeder Bewegung ihrer Hände entspannte.

„Im Moment ist es eher ein dumpfer Schmerz."

„Sie werden froh sein zu hören, dass wir heute ein bisschen mehr machen werden. Wir werden härter pushen, und dann werden wir mit dem Aufstehen anfangen. Sie sind in großartiger Form, das ist also ein klarer Vorteil für sie." Kein Zweifel, Wyatt war in *ausgezeichneter* Form.

„Hey!" Er schrie auf, als sie eine schmerzempfindliche Stelle traf.

„Tut mir leid!" *Konzentrier' dich, Amanda! Konzentrier' dich!* „Ich dachte, ich hätte den Knoten schon gelöst."

„Schon gut." Er grunzte und bewegte sich unbehaglich. „Ich hatte es einfach nicht erwartet."

„Sie laufen also?" Sie stellte die erste Frage, die ihr in den Sinn kam, und wagte eine weitere persönliche

Frage. Wenn er sprach, schien er sich schneller zu entspannen.

„Vor dem Flugzeugabsturz bin ich jeden Tag joggen gegangen. Außerdem habe ich im Fitnessstudio trainiert. Es hilft meiner geistigen Schärfe. Gut zu wissen, dass die ganze Arbeit nicht vergeblich war."

Er war also ein Jogger, genau wie sie gedacht hatte. „In Form zu sein ist nie vergeblich. Sind Sie Marathon gelaufen?"

„Ich habe letztes Jahr am Alcatraz Iron Man Triathlon teilgenommen. Das war mein erster Versuch im Wettkampfsport."

„Ihr erster Versuch!", sagte Amanda ungläubig. „Sie sind von Alcatraz aus geschwommen und haben Ihr erstes Abenteuer mit Radfahren und Laufen abgerundet. Ich bin beeindruckt."

„Müssen Sie nicht sein", sagte er und warf ihr einen Blick über die Schulter zu. „Ich bin in meiner Altersklasse gerade mal im Mittelfeld angekommen."

Die Art, wie er das sagte, sagte alles. Er hatte bei seinem allerersten Iron Man den ersten Platz belegen wollen. Der Mann hatte hohe Erwartungen an sich selbst. Im Mittelfeld zu sein war für ihn so schlimm wie der letzte Platz. Für Wyatt Turner ging es um alles oder nichts.

„Ich bin immer noch beeindruckt."

Er grunzte. „Ich nicht."

Die nächsten paar Minuten arbeitete sie schweigend. Er schien damit zufrieden zu sein, sich zu entspannen und sie arbeiten zu lassen.

Schließlich forderte sie ihn auf, sich auf den Rücken zu drehen, und legte ihre Finger wieder unter seinen Knöchel.

„Heben, bitte. Gut. Nun, dieses Mal werde ich ein bisschen drehen. Wie fühlt sich das an?"

„Angespannt."

„Mit anderen Worten, es tut immer noch weh."

„Korrekt", sagte er und schnitt eine Grimasse.

Sie lächelte über seine anwaltliche Antwort. Kein Ja, sondern *korrekt*.

„Es wird besser. Doch in den nächsten Wochen wird es schmerzhaft sein, an Ihre Grenzen zu gehen", warnte sie. „Nur so bekommen sie die volle Beweglichkeit zurück."

Er zögerte nicht, sondern schenkte ihr ein jungenhaftes Grinsen. „Wenn Sie mich jeden Tag verprügeln müssen, damit ich meine ‚volle Beweglichkeit' zurückbekommen, dann tun Sie das, Doc. Sie haben meine volle Kooperation."

Überrascht von seinem Lächeln fühlte sich Amanda plötzlich leichter. Aber *volle Kooperation*. Sie würde es glauben, wenn sie es sah.

KAPITEL ACHT

Amanda beschloss, in ihrer Pause an diesem Nachmittag in die Stadt zu fahren und sich ein paar Läden anzusehen. Es war ein wunderschöner Samstag, und sie fühlte sich nach ihrer morgendlichen Therapiestunde mit Wyatt etwas besser. Sie hatten heute Morgen in mehr als einer Hinsicht Fortschritte gemacht. Ihr Herz war während ihres Gesprächs leichter geworden. Sie wusste, dass er erleichtert gewesen war, als sie gegangen war. Nicht nur körperlich, sondern auch psychisch. Das mochte ausschließlich von der Tatsache herrühren, dass er kurz davor war, etwas Gewicht auf seine Hüfte zu legen. Vorwärtsbewegung war alles, was ihn interessierte. Sie wusste, dass die Leichtigkeit in ihrem Herzen, die erwacht war, als er sie angelächelt hatte, von der Tatsache herrührte, dass sie es liebte, zu sehen, wenn es ihren Patienten besser ging.

Die Erinnerung an dieses jungenhafte Grinsen ging

ihr jedoch den ganzen Nachmittag durch den Kopf. Jedes Mal, wenn es geschah, musste sie lächeln. So wie jetzt.

Sie parkte vor dem Heavenly Inspirations Hair Salon. Das leuchtend rosafarbene Gebäude war von der Kreuzung aus zu sehen, ein Leuchtfeuer für die Stadt. Das pinkfarbene Auto davor war nicht anders. Es war einer dieser Elvis-Cadillacs aus den 1950er Jahren mit Haifischflossenheck. Wem gehörte er? Schwer zu sagen, da heute eine Menge Leute in der Stadt unterwegs waren. Autos säumten die Straße, und eine schwatzende Gruppe kam gerade in das Diner. Und vor Petes Futtermittelladen direkt gegenüber vom Salon standen drei Trucks zum Beladen. Cowboys luden große Futtersäcke auf die Ladeflächen. Als sie dort stand, bemerkte sie ein Schild im Fenster des Salons. Am darauffolgenden Samstag sollte in der Arena auf der Matlock-Ranch ein Roping-Event stattfinden. Amanda fand, dass sich das nach Spaß anhörte, als die Salontür aufgerissen wurde und eine kleine Frau mit sehr blondem Haar heraustrat.

„Hey, du da! Ich bin Lacy Matlock." Sie streckte ihr die Hand entgegen und lächelte.

Ihr Haar war rundum keine zehn Zentimeter lang und sah aus, als wäre sie gerade aus einem Windkanal gekommen. Es war kreuz und quer zerzaust und sah an dem lebhaften Mädchen, dessen kristallblaue Augen vor

Wärme funkelten, wirklich süß aus.

„Du bist Amanda, diejenige, die mit Wyatt trainiert, nicht wahr?"

„Ja." Amanda schüttelte Lacy die Hand. „Woher wusstest du das?"

„Norma Sue und Esther Mae haben dich mir perfekt beschrieben, und als ich dich durch das Fenster gesehen habe, wusste ich, dass du es sein musst."

Amanda konnte nicht anders, als die lebhafte Blondine anzulächeln. Sie war die Art Mensch, bei der man sich gut fühlte, nur, weil man in ihrer Nähe war. Sie war voller Freude und Energie, lächelte und wedelte mit ihren orangefarbenen Fingernägeln herum, während sie sprach.

„Kann ich fragen, wie sie mich beschrieben haben, oder sollte ich Angst haben?"

„Ach, alles gut. Glaub mir, die beiden haben dich auf den ersten Blick gemocht. Was gleich noch mehr wurde, als sie herausgefunden haben, dass du hier bist, um dich um ihren Jungen zu kümmern."

„Ihren Jungen?"

„Sie haben Wyatt, Cole und Seth als ihre Jungs beansprucht. Sie beanspruchen alle Cowboys im Umkreis von siebzig Meilen um Mule Hollow, doch die Turner-Männer sind praktisch in ihren Häusern aufgewachsen. Sie haben Wyatts Eltern sehr nahegestanden."

„Ah, ich verstehe. Das erklärt, warum sie so aufgeregt waren, dass ich hier bin, um mich um Wyatt zu kümmern."

„Ja. Sie haben sich schreckliche Sorgen um Wyatt gemacht. Und sie haben ununterbrochen geredet, seit du angekommen bist. Wie geht's dir? Kommt ihr gut zurecht?"

Wie sollte sie darauf antworten? „Wir gewöhnen uns aneinander." Das war die Wahrheit.

Lacys Gesichtsausdruck wurde mitfühlend. „Er hat viel durchgemacht. Ich vermute, es fällt ihm immer noch schwer, mit der Situation umzugehen. Selbst mit dem Segen, am Leben zu sein, mögen Männer es nicht, gefesselt zu sein. Mein Clint wäre wie ein eingepferchter Bulle, wenn er nicht rausgehen und sich um seine Ranch kümmern könnte." Sie tätschelte ihren kleinen runden Bauch. „Und ich bin sicher, dass unser Baby genauso sein wird."

„Ihr müsst euch beide auf das Baby freuen."

„Oh ja, das steht fest. Wir haben uns so lange ein Baby gewünscht, und jetzt warten wir hier auf den glücklichen Tag. Ich genieße jede Minute."

Amanda beschloss, sich ein wenig zu öffnen, wollte aber nicht zu viel sagen. „Wyatt tut sich schwer. Aber er kommt jeden Tag ein bisschen weiter."

Lacy sah auf ihre Uhr. „Willst du versuchen, ein bisschen mit ihm rauszukommen? Er war nicht einmal in der Kirche, seit er verletzt war. Wir würden uns freuen, wenn ihr morgen kommt. Oder selbst wenn Wyatt nicht raus will, würden wir uns freuen, dich zu sehen.

„Weißt du, ich hatte noch nicht daran gedacht, in die Kirche zu gehen, aber das ist eigentlich eine schöne Idee. Es würde Wyatt aus dem Haus und ihn mit Menschen zusammenbringen, die sich um ihn sorgen." Sie hatte nicht daran gedacht, weil sie immer noch versuchte, mit ihren eigenen Problemen fertigzuwerden. „Das finde ich eine tolle Idee, Lacy." Es wäre gut für ihn … und für sie.

„Ich muss weitermachen, ich habe eine Farbkundin unter dem Trockner, und ihre Zeit ist fast abgelaufen …" Sie zögerte, bevor sie sich wieder der Tür zuwandte. „Amanda, normalerweise würde ich das nicht sagen, aber du hast recht; in die Kirche zu kommen wird ihm guttun. Ich denke, Wyatt ist wütend auf sich selbst, und ich denke, er braucht einfach ein bisschen Frieden."

Das traf Amanda – fast so, als hätte Lacy sie mit einem Stein geschlagen, denn genau das war mit Wyatt nicht in Ordnung – ganz zu schweigen davon, dass sie auch Frieden brauchte … aber hier ging es um Wyatt. Sie hatte gewusst, dass er sich in seiner Arbeit versteckt hatte. Und irgendetwas machte ihn launisch – er kam ihr einfach nicht wie ein Mann vor, der normalerweise launisch war. Er war fast gestorben und saß im Rollstuhl fest. Das war genug, um den Besten launisch zu machen. Doch sie war neugierig, was Lacy dachte.

„Warum denkst du das?"

Lacy zuckte mit den Schultern. „Es ist nur, ich war bei meinem Mann, der Ersthelfer unserer freiwilligen Feuerwehr ist … also war ich dabei, als sie Wyatt rausgeholt haben. Er war kaum bei Bewusstsein. Ich meine, es war ein Wunder, dass er nicht schlimmer verletzt worden ist. Ein Wunder und weil er ein guter Pilot ist. Er hat dieses Flugzeug mitten in einem schrecklichen Sturm in einer sehr schlechten Gegend gelandet. Es war nicht so, als wäre er auf einer offenen Weide runtergekommen, sondern an einem bewaldeten Fleck in der Nähe der Hügel, die wir im Texas Hill Country haben. Gott musste seine Hand über dieses Flugzeug gehalten haben. Ich denke, vielleicht ist es das, was Wyatt beunruhigt. Er hat immer wieder gemurmelt, dass er dumm und arrogant gewesen war – ich weiß nicht einmal, ob er sich daran erinnert, dass er das gesagt hat. Als wir alle zu ihm gekommen sind, war er in einem so schlechten Zustand. Er hatte eine Menge Blut verloren." Lacy hörte plötzlich auf zu sprechen und wirkte unbehaglich.

„Tut mir leid. Ich weiß, es ist schwer zu glauben, da ich die Friseurin der Stadt bin und Salons die Gerüchteküchen von Kleinstädten sind, aber normalerweise mache ich das wirklich nicht. Ich habe nur das Gefühl, dass du das vielleicht wissen solltest. Komm morgen, wenn du kannst. Alle würden dich gerne kennenlernen. Und ruf mich einfach an, wenn du was brauchst."

Amanda sah zu, wie Lacy praktisch zurück in ihren Salon flog. Sie hatte weniger als fünfzehn Minuten mit Reden verbracht und hatte das Gefühl, Lacy schon ihr ganzes Leben lang zu kennen. Sie hatte etwas an sich, das ihr Gegenüber wissen ließ, dass sie sich wirklich interessierte.

Das gefiel Amanda. Sie mochte das Gefühl, unter Menschen zu sein, denen ihre Nachbarn nicht egal waren. Sie starrte den Bürgersteig hinunter auf die winzige Stadt und fragte sich, wie sie es schon am ersten Tag getan hatte, wie es wäre, einfach hierherzuziehen. Würde jemand das als Flucht vor ihren Problemen betrachten?

„Morgen ist Sonntag, und ich dachte, wir könnten in die Kirche gehen", sagte Amanda, als sie ihre Nachmittagstherapiestunde begonnen hatten. Wieder einmal war Wyatt bei ihrer Ankunft in Arbeit vertieft gewesen.

Jetzt warf er ihr einen finsteren Blick zu. „Ich gehe nicht in die Kirche. Auf keinen Fall."

So viel zur uneingeschränkten Kooperation – das hatte sie natürlich schon kommen sehen.

„Oh doch."

Während der Therapie war er kooperativ gewesen, nachdem sie streng gewesen war, doch an diesem Nachmittag war er nicht sehr gesprächig gewesen. Wieder war sie nicht glücklich darüber, dass er gearbeitet hatte, hatte aber beschlossen, den Mund zu halten. Jedenfalls vorerst. Sie verarbeitete die Informationen, die sie von Lacy erhalten hatte.

„Wann sind Sie das letzte Mal aus dem Haus rausgekommen?"

„Ich war hier, seit sie mich nach Hause gebracht haben, und ich werde nicht im Rollstuhl in die Kirche fahren."

Das war es also. „Das wird Ihnen aber guttun."

„Vergessen Sie es, Amanda."

Sie konnte genauso stur sein wie er. „Das ist Teil der Therapie. Rausgehen wird Ihnen guttun. Sie sind zu viel hier drin. Und viel zu oft am Telefon."

Er funkelte sie an, seine Stirn gerunzelt. „Ich gehe nicht in diesem vermaledeiten Ding raus. Schlagen Sie sich das aus dem Kopf."

Seine Worte kamen falsch bei Amanda an. Sie bemühte sich, nicht aufzubrausen. Wusste er nicht, wie gesegnet er war? Glaubte er, dass er zu gut war, um im Rollstuhl gesehen zu werden? Unbeschreiblich irritiert starrte sie ihn direkt an.

„Ich weiß nicht, ob Sie es bemerkt haben", knirschte sie durch zusammengebissene Zähne. „Nein, haben Sie wahrscheinlich nicht, weil Sie zu sehr damit beschäftigt waren, sich selbst zu bemitleiden. Aber es gibt eine Menge Menschen, die jeden einzelnen Tag ihres Lebens im Rollstuhl verbringen. Für sie gibt es keine Hoffnung, jemals aus ‚*diesem Ding*‘ aufzustehen."

Sie schüttelte den Kopf und zwang sich, ruhig zu bleiben. Irrationales Verhalten half nie. „Anstatt sich selbst zu bemitleiden, genießen sie das Leben … seien Sie dankbar, dass sie ‚*dieses Ding*‘ haben, das es ihnen ermöglicht, nicht ans Haus gefesselt zu sein. Und Sie können das auch. Warum sind Sie immer noch so stur? Warum sind Sie so hart zu sich?" Sie konnte ihm nicht vorwerfen, dass er zu stolz war, den Stuhl zu benutzen. Das ging tiefer als das, und sie wusste es.

Anstatt zu antworten, fuhr er mit seinem Stuhl ans Fenster und starrte auf die Weide hinaus.

„Wissen Sie nicht, wie viel Glück Sie hatten? Sie haben diesen Flugzeugabsturz überlebt. Ich verstehe, dass es eine erschütternde Erfahrung gewesen sein muss, aber Sie sind lebend da rausgekommen. Die Verletzungen sind vorübergehend, und sie kommen wieder auf die Beine. Ich bin dabei, Sie dorthin zu bringen. Sie sind kurz davor, einen Rollator zu benutzen. Und dann einen Stock. Aber hier geht's um mehr als nur ums Laufen, nicht wahr?"

Ihr Instinkt sagte ihr, dass Lacy recht hatte. Wyatt

verbarg etwas Tieferes. Sie konnte sich damit auf mehr Arten identifizieren, als er sich das vorstellen konnte. So verrückt es auch klang, sie wünschte sich, sie könnte ihm von ihrem Problem erzählen. Doch hier ging es um ihn, nicht um sie, und es schien nicht richtig zu sein.

„Warum sind Sie so wütend?" Sie stellte die Frage halb in der Erwartung, dass er schnauben und ihr sagen würde, dass es sie nichts anging. Stattdessen drehte er seinen Stuhl herum, um sie anzusehen.

„Ich habe mein Leben für selbstverständlich gehalten, okay?" Er rieb sich die Schläfe, als hätte er Kopfschmerzen.

„Inwiefern?" Es war die einzige Frage, die sie zu einer solchen Beobachtung stellen konnte.

„Ich bin in dieses Flugzeug gestiegen, ohne auch nur in Erwägung zu ziehen, dass es abstürzen könnte. Als ich aufgewacht bin …" Er verstummte und schien seine Gedanken zu sortieren.

„Als ich im Wrack gefangen aufgewacht bin, mit dem Treibstoffgeruch um mich herum, kam ich mir dumm vor. Ich war mir sicher, dass ich sterben würde, weil ich einen Fehler gemacht hatte. Das ist für mich inakzeptabel."

Das konnte es nicht sein. „Sie sind so wütend darüber, in diesem Rollstuhl zu sitzen, weil Sie sich dumm vorkommen?" Das schien so gar nicht zu ihm zu passen. Sie hatte ihn nicht für so oberflächlich gehalten.

„Nein. Sondern weil ich, wie Sie gerade gesagt haben, ein arroganter Idiot bin."

„Hey, das habe ich nicht so gemeint!"

„Nein? Aber es ist die Wahrheit."

Er war ein Überflieger. „Halten Sie sich für einen Superhelden? Sie sind unangemessen hart zu sich. Sie sind in ein Flugzeug gestiegen, und es ist abgestürzt. Unfälle passieren. Das ist genauso wie damals, als ich die Straße entlang gejoggt bin und angefahren wurde – ich habe es nicht absichtlich getan. Ich bin nicht vor das Auto gesprungen. Das wäre dumm. Ich habe auch nicht getrunken und bin gefahren, das war die Dummheit des Fahrers, der mich angefahren hat. Er war dumm, verantwortungslos und kriminell."

Er wurde ganz still. „Sie haben recht. Doch selbst wenn ich nicht getrunken habe …" Seine Worte waren leise. „Ich wusste, dass es riskant war, in diesem Sturm zu fliegen. Ich kann nur daran denken, was wäre, wenn ich jemandem Schaden zugefügt hätte, weil ich mich entschieden habe, mein Flugzeug unter unsicheren Bedingungen zu fliegen. Ich bin hauptsächlich im Gesellschaftsrecht tätig, bearbeite aber auch jedes Jahr Fälle, in denen jemand durch Fahrlässigkeit geschädigt wurde. Es dreht mir den Magen um, dass ich in dieser Kategorie hätte sein können. Bestenfalls habe ich meine eigene Sicherheit vernachlässigt. Mein Großvater ist so gestorben. Er hat die Entscheidung getroffen, einen

Hügel zu mähen, von dem jeder Anfänger gewusst hätte, dass er zu steil war. Doch er hat es trotzdem getan, und sein Traktor hat sich überschlagen. Mein ganzes Leben lang hat mich das gestört, und was tue ich? Ich fliege mein Flugzeug in einen Sturm, weil ich geglaubt habe, ich wäre unbesiegbar. Alle anderen müssen mich für einen Idioten halten. Doch das ist es nicht, was mich stört. Es ist der Leichtsinn. Das ist unverzeihlich."

Amanda suchte nach Worten. „Alles ist verzeihlich", sagte sie. „Ich – ich habe das gelernt, als der betrunkene Fahrer, der mich fast umgebracht hätte, gekommen ist und mich um Vergebung gebeten hat. Ich konnte ihm anfangs nicht vergeben. Doch dann hat mir mein Vater geholfen, zu erkennen, dass es das war, was Gott von mir erwartete. Und dass ich stark genug war, es zu tun. Er vergibt uns, also müssen wir anderen vergeben. Es war anfangs schwer. Doch das war der erste Schritt zu meiner Genesung. Ich habe meinen jungen Patienten geholfen, ähnliche Schmerzen zu überwinden, indem ich ihnen geholfen habe, diesen Schritt zu gehen. Das müssen Sie tun. Sie müssen sich selbst vergeben." Sie ging hinüber, um sich neben ihn zu stellen. Sie wollte ihn berühren, tat es aber nicht.

Er sah nicht so aus, als hätte irgendetwas, das sie gesagt hatte, einen Unterschied gemacht.

Sie drängte weiter. „Sie setzen sich selbst zu hohe Standards, und Sie haben recht, das ist ziemlich arrogant von Ihnen. Ich sage das nur ungern, aber Sie haben keine Ahnung, was Er sich dabei gedacht hat." Vielleicht überschritt sie hier eine Grenze, doch sie hatte das Gefühl, dass es gesagt werden musste. Brutale Ehrlichkeit war vielleicht das Einzige, was zu ihm durchdrang.

Einen Herzschlag lang sagte er nichts. „Sie halten sich nicht zurück, oder?"

„Nicht sehr oft", sagte sie sanfter. Sie wollte ihm helfen. „Ich habe jeden Tag mit körperlichen Beeinträchtigungen von Menschen zu tun. Oft sind es die Dinge, die nach einer Verletzung in ihren Köpfen vor sich gehen, die eine Rolle bei ihrer Heilung spielen. Meine Kinder – ich meine viele meiner Patienten – gehen gleichzeitig zur Therapie. Normalerweise überlasse ich das den Therapeuten."

„Ich weiß nicht, Sie haben diesem dickköpfigen Narren einen guten Rat gegeben. Sie haben die harten Fakten angesprochen."

„Sie arbeiten mit Fakten. Ich habe wahrscheinlich eine Grenze überschritten, die ich nicht hätte überschreiten sollen."

Er hob seine Hand und legte sie auf ihren Arm. Die Berührung war warm.

„Das haben Sie nicht. Ich habe einen Tritt in den Allerwertesten gebraucht. Es ist zumindest etwas, worüber ich nachdenken muss. Neue Perspektiven und so weiter."

Ihr Blick blieb an seiner Hand an ihrem Arm hängen. Sie zwang sich, den Kopf zu heben.

„Ich hoffe, wenn Sie glauben, dass es ein guter Rat ist, nehmen Sie etwas davon an. Sie sind nicht der Typ Mann, der sich oder jemand anderen wissentlich in Gefahr bringen würde. Aus irgendeinem Grund sollten Sie in diesem Moment in diesem Rollstuhl sitzen."

„Ich weiß nicht, ob ich *das* glaube."

Er hatte sich fast ein bisschen geöffnet, doch jetzt machte er wieder dicht. Amanda ließ nicht locker. „Ich versuche erst gar nicht, Gottes Gründe zu verstehen. Glauben Sie mir, ich bin die Schlimmste …" Sie hielt inne. Sie konnte nicht aussprechen, was sie beinahe gesagt hätte. „Ich glaube, dass es für alles einen Grund und einen Zweck gibt. Ob Sie dem zustimmen oder nicht." Wenn er nur wüsste, wie schwer es für sie war zu glauben, was sie sagte. „Auch wenn Sie hier und jetzt in diesem Rollstuhl sitzen. Vielleicht ist es, damit sie in diesem Stuhl in die Kirche fahren und Ihren Stolz überwinden …"

Er warf ihr einen eisigen Blick zu. „Stolz …" Das Telefon klingelte, und er griff danach. „Ich erwarte eine Telefonkonferenz. Und ich gehe nicht in die Kirche."

Und das war es. Sie sah zu, wie er in das andere Zimmer fuhr, während ihre Frustration wuchs. Er hatte dicht gemacht, als sie über Stolz gesprochen hatte. Jeder

Idiot würde wissen, dass man jemanden nicht auf seinen Stolz ansprechen sollte, es sei denn, man war darauf vorbereitet, dass er sofort dicht machte.

Vielleicht würde sie ihn jetzt nie mehr dazu bringen, ihr zuzuhören.

KAPITEL NEUN

In den frühen Morgenstunden des Sonntagmorgens gab Wyatt jeden Versuch zu schlafen auf. Er setzte sich auf und ignorierte alle Teile von ihm, die mit stechenden Schmerzen protestierten. Es waren nicht seine Schulter, seine Hüfte oder sein Rücken oder Alpträume, die ihn die meiste Zeit der Nacht wachgehalten hatten. Es war Amanda.

Sie hatte am Tag zuvor seine Schuldgefühle nur noch verstärkt. *Stolz.* Sie glaubte, er sei zu stolz, um im Rollstuhl gesehen zu werden. Es war nicht nötig gewesen, ihn darauf hinzuweisen, dass es Menschen gab, die nicht aus ihren Rollstühlen aufstehen konnten. Sie hatte so getan, als wüsste er das nicht … Er wusste besser als jeder andere, dass er sehr leicht einer von ihnen hätte sein können.

Vorsichtig schwang er seine Beine über die Bettkante und blieb einen Moment lang so, bevor er sich in den Rollstuhl setzte. Er konnte die Fortschritte spüren, die sie gemacht hatten, spürte, wie seine Kraft zurückkehrte, und er bemerkte auch, dass der Schmerz nachließ. Trotzdem hasste er den Rollstuhl jeden Tag mehr, auch wenn er wusste, dass er ihn bald nicht mehr benutzen musste.

Er hatte gejammert.

Er hätte nicht von ihrer Direktheit überrascht sein sollen, als sie versucht hatte, ihn dafür zurechtzuweisen.

Jammern. Der Gedanke traf ihn, und es war nicht angenehm. Dieser Gedanke war so weit entfernt von dem, was er jemals geglaubt hatte, angesichts von Widrigkeiten zu tun, dass er ihn am liebsten beiseiteschieben und leugnen wollte.

Unbehaglich fuhr er mit dem Stuhl in die Küche und machte sich eine Kanne Kaffee. Als er sich eine Tasse einschenkte, fühlte er sich nicht besser.

Er saß immer noch am Fenster, als das Morgenlicht der Sonne durch die Dunkelheit zu sickern begann. Das Letzte, das er zu sehen erwartet hatte, als der dünne rosa Streifen über die Baumwipfel kroch, war Amanda. Doch da kam sie um das Haus herum und joggte die Straße entlang. Aber es war die Beinprothese, die ihn fast seinen Kaffee fallen ließ.

Sie trug ein blaues Top und graue Laufshorts, die den Blick auf eine speziell für das Laufen designte Beinprothese freigaben. Ihr Bein war über dem Knie amputiert, und die Prothese war am Oberschenkel befestigt. Die Realität dessen, was der betrunkene Fahrer ihr angetan hatte, traf ihn wie ein Schlag in die Magengrube, nahm ihm die Luft. Kein Wunder, dass sie ihn wegen seiner Einstellung so scharf kritisiert hatte. Ihm wurde übel. Auch wenn er gerade dabei war, sich selbst genau zu betrachten, spielte es keine Rolle. Jetzt war ihm seine ganze Einstellung peinlich.

Hier saß er vorübergehend im Rollstuhl, würde laut Amanda und den Ärzten wieder ganz genesen und jammerte immer noch.

Was für ein Mann er war.

Erbärmlich.

Amanda hatte ihr Bein verloren und kein Wort darüber verloren. Sie hatte genommen, was das Leben ihr zugeworfen hatte, und sie hatte darüber triumphiert. Sie war Physiotherapeutin geworden und arbeitete mit Kindern, die ihre Aufmerksamkeit und ihre optimistische Einstellung brauchten. Und obendrein joggte sie.

Sie war erstaunlich.

Er erinnerte sich, dass sie ihn gefragt hatte, ob er lief, und fragte sich, warum sie sich entschieden hatte, es dabei nicht zu erwähnen. Warum hatte sie ihm nichts von ihrem Bein erzählt? *Du hast sie gefeuert, du Idiot, weil sie zu zart und zu jung war.* Wahrscheinlich hatte sie Angst gehabt, dass er sie wieder feuern würde, wenn er von ihrem Bein wüsste. Reue legte sich wie eine schwarze Wolke über ihn. Sie hatte recht gehabt. Sicherlich hätte er sie nicht für stark genug gehalten, wenn er es gewusst hätte. Allerdings wusste er es jetzt besser. Amanda Hathaway war stärker, als sie aussah … innerlich wie äußerlich.

Er kam sich wie ein Narr vor, als er zusah, wie sie den Weiderost überquerte und den Schotterweg hinunterlief, der durch die Weiden führte. Sie folgte dem kurvigen Weg durch die Prärie mit einer solchen Anmut und Leichtigkeit, dass er es hypnotisierend fand, sie zu beobachten.

Wie gebannt sah er zu, bis sie hinter dem Horizont verschwand. Er war zutiefst verändert, als er dasaß und auf die Stelle starrte, wo sie verschwunden war.

Amanda hatte dem Tod ins Auge geblickt und ein Bein verloren, und doch hatte sie es überwunden. Anstatt zu straucheln, wie er es getan hatte, war sie aufgeblüht.

Wyatt trank einen langen Schluck von seinem Kaffee, dann drehte er seinen Stuhl um und fuhr in Richtung seines Schlafzimmers.

Amanda verausgabte sich bewusst beim Laufen. Die Schlaflosigkeit hatte sie aus ihrem Bett und hinaus ins frühe Morgenlicht getrieben. Sie hatte Wyatt am Tag zuvor all diese Ratschläge gegeben und fühlte sich wie eine Heuchlerin.

Warum kamen Depressionen und Zweifel immer genau dann zurück, wenn sie Fortschritte gemacht hatte? Es war, als würde der Teufel nach ihr greifen und sie zurück in das Loch ziehen.

Gott hat für alles einen Grund und einen Zweck.

Junge, sie hatte Wyatt diesen Rat sehr schnell gegeben. Ihm sogar gesagt, es Seine Absicht gewesen, dass er zu diesem Zeitpunkt im Rollstuhl saß – was hatte sie sich nur dabei gedacht? Wow, einfach wow! Sie versuchte immer noch, ihren eigenen Weg zu finden und schaffte es nicht, doch sie hatte eine Menge Ratschläge für Wyatt.

Was hatte sie getan, Wyatt über seine Einstellung zu seinem Rollstuhl zurechtzuweisen?

Da sie ihren Kopf freibekommen musste, hatte sie Maßnahmen ergriffen, ihre Laufklamotten und ihre Laufprothese angezogen und war mit dem aufgeschlossenen Geist, den sie ihr ganzes Leben lang beim Joggen gehabt hatte, hinaus auf die Schotterstraße gegangen. Wenn sie lief, war sie stark. Sie fühlte sich glücklich. Sie hatte das Gefühl, dass alles möglich war. Und normalerweise fühlte sie sich wohl – doch das war seit Wochen nicht mehr der Fall gewesen. Doch sie hatte es in diesen Tagen mehr denn je gebraucht.

„Gott hat nie versprochen, dass das Leben immer

leicht sein würde", murmelte sie. Dann korrigierte sie ihre Einstellung. „Allerdings hat er versprochen, dass er immer bei seinem Volk sein und ihm helfen würde. Er wird Wyatt helfen. Und er wird mir helfen."

Er würde es tun. Es schien nur so, als könnte sie keinen Frieden darüber finden. Warum war das so? Sie fühlte sich so verraten wegen dem, was Jonathan getan hatte, und sie fühlte sich nicht nur von ihm, sondern auch von Gott betrogen. Hier lag die Wurzel des Problems.

Sie sah zu, wie die Sonne aufging, während sie die Schotterstraße hinunterlief, die direkt auf die leuchtende Kugel zuzusteuern schien, die sich langsam über den Horizont erhob. *Bitte gib mir Frieden.* Wenn sie nur Jonathan und das Leben, das sie sich mit ihm vorgestellt hatte, aus ihrem Kopf bekommen könnte.

Und die Kinder.

Ihr Zweck schien jetzt so weit von ihr entfernt zu sein, dass sie ihr Herz nicht wieder dafür gewinnen konnte.

Sie hatte gedacht, dass es ihre Rettung wäre, nach Mule Hollow zu kommen und sich in diesen Job mit einem anspruchsvollen Patienten zu stürzen. Doch an diesem Morgen war der Verlust, den sie innerlich fühlte, so groß, dass sie es kaum ertragen konnte. Sie konnte nur daran denken, niemals ihre eigenen Kinder zur Welt bringen zu können. Oder einen Ehemann zu haben.

„Du *wirst* eines Tages heiraten", sagte sie ziemlich laut. Niemand war in der Nähe, und sie musste die Worte hören. „Du wirst einen guten Mann finden, der nicht denkt, dass du es nicht wert bist, geheiratet zu werden, weil du seine Kinder nicht austragen kannst …" Ihre Stimme brach, und sie blieb stehen. Die Hände auf die Knie gestützt, beugte sie sich vor und blinzelte die Tränenflut zurück, die plötzlich gekommen war. Wie sollte sie Wyatt helfen, wenn sie sich selbst nicht helfen konnte? Nichts, was sie ihm gesagt hatte, war zu ihm durchgedrungen.

Die Rinder kauten ruhig weiter, während sie sie musterten. Es war, als würden sie darauf warten, dass sie weiterlief. Fokus.

Amanda blinzelte und dachte an Wyatt. Sie war hier, um ihm zu helfen. „Reiß dich zusammen und konzentrier' dich auf das, weswegen du hier bist." Sie lief weiter und dachte über ihren Plan nach, ihm wieder auf die Beine zu helfen. Ihm zu helfen, in sein Leben zurückzukehren. Ihm zu helfen, zu überwinden, was an ihm nagte und ihn zurückhielt. Bei diesem Job ging es um ihn, nicht um sie.

„Du kannst ihm helfen."

Und heute würde es damit anfangen, ihn zur Kirche zu bringen. Ihn aus diesem Haus und zurück unter Menschen zu bringen. Sie wusste bereits, dass die Leute von Mule Hollow ihn herzlich willkommen heißen würden. Sie würde sich später Sorgen um sich selbst machen.

Sie musste ihn nur aus dem Haus holen.

Das Letzte, womit sie eine Stunde später, nachdem sie geduscht und sich für die Kirche angezogen hatte, gerechnet hatte, war, um die Ecke zu biegen und Wyatt mit seiner Bibel auf dem Schoß auf der Veranda sitzen zu sehen, ebenfalls für die Kirche gekleidet.

Sie hatte sich, als sie vom Joggen zurückgekommen war, Sorgen gemacht, dass er vielleicht ihr Bein gesehen hatte. Sie war so aufs Laufen konzentriert gewesen, dass sie nicht daran gedacht hatte, dass er wach sein würde, wenn sie zurückkam. Aber als sie am Haus vorbeigejoggt war, hatte sie entschieden, dass es eben so sein sollte, falls er draußen war. Sie würde es ihm sowieso sagen müssen. Es war an der Zeit. Er würde sie entweder als die Physiotherapeutin respektieren, die sie war, oder er würde sie rauswerfen.

Doch ihn in gebügelten Jeans und einem strahlend weißen Hemd fertig für die Kirche vorzufinden, brachte sie aus der Fassung.

Am Fuß der Treppe blieb sie stehen. „Hallo. Na, wenn das nicht mal gut aussieht!" Sie wollte keine voreiligen Schlüsse ziehen, doch ihr Herz pochte vor Hoffnung.

Sein Blick war ernst, als er ihr ein langsames Lächeln schenkte. „Ich dachte, ich fahre heute Morgen mit Ihnen mit, wenn das in Ordnung ist."

Ein Lächeln so breit wie der Guadalupe River huschte über ihr Gesicht. „Das würde mich freuen."

Die Kirche war ein süßes kleines Gebäude am Rande der Stadt, das Amanda an Hochzeiten und Picknicks auf der Wiese denken ließ. Die klassische weiß getünchte Kapelle mit einem Kirchturm wirkte gepflegt und einladend. Sie passte perfekt in die ländliche, bodenständige Stadt, und sie konnte sich glückliche Paare vorstellen, die am Altar standen und ihre Gelübde ablegten, umgeben von Freunden und Familie. Es wäre ein schöner Ort gewesen für – *Halt!* Amandas Gedanken kamen abrupt zum Stillstand. Sie hatte sich geschworen, sich keine Hochzeiten mehr vorzustellen. Heute war ein guter Tag, und sie hatte nicht vor, ihn zu verderben. Wyatt hatte zugestimmt, mit ihr in die Kirche zu kommen, und das hatte ihren Tag heller gemacht, als sie je erwartet hatte.

„Wie hübsch", sagte sie und warf Wyatt einen Blick zu. „Sind Sie in Ihrer Kindheit hier in die Kirche gegangen?"

„Mein ganzes Leben. Sehen Sie das zweite Fenster? Mit neun Jahren habe ich da einen Baseball durchgeworfen. Ich dachte, meine Mutter würde mich umbringen. Sie hatte mir schon gesagt, dass ich aufhören sollte, Cole so nah an der Kirche den Ball zuzuwerfen, weil er vielleicht nicht alle fangen könnte. Und so ist es passiert. Der Ball ist aus seinem Handschuh gerutscht und durchs Fenster gekracht."

Amanda konnte sich das gut vorstellen. Sie wusste, ohne dass es ihr gesagt worden war, dass Cole seinen großen Bruder vergötterte und Wyatt seine Rolle als älterer Bruder wahrscheinlich selbst in diesem jungen Alter ernst genommen hatte.

„Sie haben nicht auf sie gehört", vermutete sie. Sein Blick verriet, dass er ziemlichen Ärger bekommen hatte.

„Oh, das nächste Mal habe ich gehört. Ich musste meinen Eltern von meinem Taschengeld die Reparatur des Fensters zurückzahlen. Außerdem musste ich einen Monat lang jeden Samstag die Blumenbeete jäten. Ich habe das Jäten damals gehasst und hasse es auch heute noch."

Sie lachte. „Ihre Eltern haben das gewusst, oder?"

„Oh ja. Das hat seine Wirkung nicht verfehlt."

Amanda lachte, als sie aus dem Geländewagen stieg. Kaum hatte sie den Rollstuhl vom Stuhlgestell auf der Rückseite des Fahrzeugs abgeladen, als sie entdeckt wurden. Und keine Minute später waren sie umzingelt. Der arme Wyatt hatte mehr Hilfe beim Aussteigen aus dem Fahrzeug, als er wollte, doch er war ziemlich gut darin, seine Gefühle zu verbergen. Sie merkte jedoch, dass ihn die ganze Aufmerksamkeit störte. Sie hatte immer noch keine Ahnung, was seine Meinung geändert hatte, doch sie war froh, dass sie hier waren.

Norma Sue war die erste, die mit ihrem Ehemann Roy Don im Schlepptau über den Rasen geeilt war. Wyatt war noch mitten in seiner Kirchenfenstergeschichte, als sie kamen, und kurz danach Esther Mae und ihren Ehemann Hank.

„Es ist ein echtes Wunder, dass du diesen Mann aus seinem Haus bekommen hast", sagte Norma Sue und stürzte sich praktisch auf Wyatt, um ihn fest zu umarmen.

Esther Mae war direkt hinter ihr. „Wir sind so froh, dass du gekommen bist", sagte sie, schob Norma Sue aus dem Weg und umarmte ihn auch. Sie trug einen hellgrünen Hut mit roten Gänseblümchen rund um die Krempe, und als sie Wyatt umarmte, traf ihn die Krempe an der Nase.

„Achtung, dein Hut, Esther Mae." Er lachte und begegnete Amandas Blick über Esthers Schulter. Es sah so aus, als wollte sie ihn nicht wieder loslassen.

„Jetzt erstick' ihn nicht, Esther Mae", schnaubte Norma Sue.

„Ich tue nichts, was du nicht auch getan hast", blaffte sie und endete mit einem weiteren Druck. „Wann kommst du da raus?", fragte sie, als sie sich zurückzog und ihren Hut zurechtrückte.

Es war nicht gerade die Frage, mit der Amanda bei

Wyatts erstem Ausflug gerechnet hatte. Sie befürchtete, dass das der Situation nicht helfen würde, doch zu ihrer angenehmen Überraschung schien Wyatt das nicht zu stören. Stattdessen schenkte er Esther Mae ein sanftes, fast flirtendes Lächeln, das Amanda seine Interaktion mit den beiden älteren Damen genießen ließ.

„Nächste Woche ist das Ziel, sagt mein Boss hier." Er warf Amanda einen warmen Blick zu.

Der Charme dieses Blicks und die Art und Weise, wie seine Stimme bei den letzten Worten leiser wurde, jagten einen Schauer der Anziehung durch Amanda. Ihr Herz wurde wieder leichter. Wyatts plötzlicher Stimmungswandel hatte ihrem eigenen Morgen eine Wende gegeben. Zu ihrer Überraschung begannen Tränen in ihren Augen zu brennen. Sie senkte schnell den Blick und blinzelte sie weg. Sie war so gut zurechtgekommen. Warum jetzt? Warum wüteten diese Emotionen jetzt und hier? Sie durfte nicht vor all diesen Leuten weinen.

Besonders nicht vor Wyatt.

Sie konnte keine Fragen darüber beantworten, was mit ihr los war, und sie wollte ganz sicher nicht, dass Wyatt sie fragte. Lag es daran, dass ihre Gefühle so nah an der Oberfläche waren, dass die Freude über Wyatts verbesserte Stimmung ausreichte, um sie zum Weinen zu bringen? Etwas anderes konnte sie sich nicht vorstellen.

Wyatt sah, wie sie starrte, und hob kaum merklich eine Augenbraue. Sofort bemerkte sie, dass sie ihn angestarrt hatte. Sie riss ihren Blick von ihm los und konzentrierte sich auf das, was Norma Sue sagte.

„… deine Eltern haben sich auch geliebt, und vergiss das nie." Norma Sue tätschelte seine Schulter. „Sie wären mächtig stolz auf dich."

Amanda konnte nicht anders, als ihn anzusehen. Sein Kiefer zuckte ein wenig, und er verspannte sich auf seiner linken Seite. So schnell war er plötzlich in Gefahr, einen Krampf zu bekommen … und das nur, weil ihn etwas an dieser Bemerkung störte.

„Esther Mae und ich singen heute Morgen das Special im Chor, also müssen wir rein. Bis später."

Esther Mae starrte ihn mit weit aufgerissenen großen grünen Augen an. „Ich komme immer noch nicht darüber hinweg, wie toll du aussiehst, Wyatt. Du bist das Bild eines gesunden Mannes." Sie lächelte. „Ich denke, Amanda tut dir gut." Damit wirbelte sie herum und eilte Norma Sue hinterher in die Kirche.

Amandas Wangen wurden warm.

„Du weißt, dass Esther Mae recht hat", sagte Roy Don und richtete seine Aufmerksamkeit auf Wyatt, als die Damen verschwanden. „Wenn du in der Kirchenbank sitzen würdest und ich es nicht besser wüsste, wäre ich nie auf die Idee gekommen, dass du nicht laufen kannst – nicht, dass ich sage, dass du es nicht kannst. Aber du weißt, was ich meine. Es ist ein Geschenk Gottes selbst, dass du hier sitzt, Junge. Daran besteht kein Zweifel."

„Ist das nicht die Wahrheit?", stimmte Hank zu. „Gott lässt nicht jeden vom Himmel fallen und überleben."

Wyatts Augen verdunkelten sich, er sah nicht glücklich aus. Überhaupt nicht. Amanda wappnete sich für stürmisches Wetter.

„Nun, Jungs", sagte er gedehnt. „Ihr zwei wisst definitiv, wie man die Stimmung eines Mannes aufhellt."

Beide älteren Männer grinsten. „Wir sind froh, dass wir helfen konnten", sagte Roy Don. „Dein Daddy würde wollen, dass wir dich wissen lassen, woher dein Segen kommt."

„Ja, Sir, das würde er", sagte Wyatt schroff, als sie ihren Frauen in die Kirche folgten.

Amanda blickte auf Wyatt hinunter, als sie die Rampe hinauffuhren. „Haben Sie darüber schon nachgedacht?"

„Sie meinen, dass mein Dad wollte, dass ich weiß, dass Gott mich aus einem bestimmten Grund gerettet hat?"

„Ja."

„Jeden einzelnen Tag seit dem Unfall", sagte er leise und fuhr dann durch die Tür.

KAPITEL ZEHN

Babys. Das Treffen mit Lacy am Vortag hätte sie darauf vorbereiten sollen, andere Frauen zu sehen, die schwanger waren, doch das hatte sie nicht erwartet. Überall waren schwangere Frauen! Lacy umarmte sie beide in der Minute, als sie eintraten, und stellte Amanda dann ihrem Ehemann Clint vor. Offensichtlich kannten sich Clint und Wyatt gut, denn sie begannen sofort, sich zu unterhalten, während Lacy anfing, sie den Frauen vorzustellen, als sie an den Kirchenbänken vorbeigingen.

Zum Glück war so viel los, dass niemand zu bemerken schien, dass sie nicht die üblichen Fragen wie „Wann ist es soweit?" oder „Wird es ein Junge oder ein Mädchen?" stellte. Sie konnte lächeln, und sie bemühte sich sehr, es auch so zu meinen. Als sie Lacy am Tag zuvor getroffen hatte, hatte sie sich auf ihre Unterhaltung und nicht auf Lacys Zustand konzentrieren können, aber heute war das nicht so einfach. Sie waren alle so glücklich. Und sie verstand ihre Freude vollkommen.

Sie war erleichtert, als Seth ihnen von seiner Kirchenbank aus bedeutete, zu ihnen zu kommen.

„Ich hätte nie erwartet, mich umzudrehen und euch zwei hier zu sehen", sagte er ungläubig.

„Ich dachte mir, ich schaue mal, ob ich alles nicht ein bisschen aufrütteln kann." Wyatt klopfte ihm auf den Arm.

Seth beugte sich vor und grinste. „Gut zu sehen, dass du den Kontakt nicht verloren hast."

Amanda schob sich in die Bank neben Seth, während Wyatt am Ende der Bank parkte. Melody, Susan und Cole begrüßten sie gerade, als ein Cowboy ans Mikrofon trat und die Musik zu spielen begann. Aus dem Chor lächelten Norma Sue und Esther Mae – umgeben von Cowboys – und sie hatte das unangenehme Gefühl, dass sie zu breit grinsten, als ihre Blicke immer wieder von ihr zu Wyatt wanderten.

Kaum war die Musik vorbei, erhob sich der Gastpastor und hielt eine Predigt, die fast endete, bevor sie begonnen hatte. Der Mann erzählte einen Witz – und nicht einmal einen sehr guten –, dann sprach er über einen Artikel, den er in einer beliebten Zeitschrift über einige Leute gelesen hatte, die eine gute Tat vollbracht hatten. Dann war alles vorbei. Sie war erschrocken.

„Wir haben ihn dafür nicht bezahlt, oder?", polterte ein großer, magerer, älterer Mann angewidert, als sie gingen. Sein hageres Gesicht war von tiefen Falten durchzogen.

Melody flüsterte Amanda zu: „Das ist Applegate Thornton. Er ist schwerhörig und beklagt sich gern, aber ein ganz Süßer. Er passt immer auf Mule Hollow auf. Ich wusste, dass er darüber nicht glücklich sein würde."

Seth blieb stehen, um sich zu unterhalten. „Applegate, du brauchst dich darüber nicht aufzuregen. Ich bin mir sicher, dass es viele Gemeinden im Land gibt, denen eine fünfminütige Predigt gefallen könnte. Wir sind da einfach anders."

„Wenn das mal nicht die Wahrheit ist", brummte ein rundlicher, glatzköpfiger Mann, der neben Applegate stand. „App, alter Heuchler, du weißt selbst, dass du deine Momente hast, in denen das für dich auch in Ordnung wäre."

Melody beugte sich vor. „Und das ist Stanley Orr, Applegates MBFFI."

„Was bedeutet das?", flüsterte sie. Sie kannte alle üblichen SMS-Abkürzungen, doch diese kannte sie nicht.

Melodie kicherte. „Das steht für *mürrischer bester Freund für immer*. Vergiss nicht, ich unterrichte in der Mittelschule."

Amanda verkniff sich ein Lachen und konnte sich

die beiden gut als „mürrische beste Freunde für immer" vorstellen. Während sie und Melody flüsterten, warf Applegate seinem MBFFI einen Blick zu, der Speck braten könnte, so gereizt war er, und eine Retourkutsche –

„Ich bin *kein* Heuchler! Sicher mag ich vielleicht ab und zu früher angeln gehen, aber ich erwarte trotzdem eine Botschaft. Auch wenn sie nur kurz ist. Das eben war gefühlsduseliges Gelaber. Sonst nichts."

Amanda musste ihm recht geben. In der Predigt war nichts Aufrichtiges gewesen. Doch darüber machte sie sich keine Sorgen, sie machte sich Sorgen um die beiden alten Männer, als Seth, Cole und sogar Wyatt begannen, sie zu beruhigen.

„Sind sie in Ordnung?", fragte sie leise.

„Ja", sagte Susan und wich den Männern aus, um sich neben Amanda und Melody zu stellen. „Sie regen sich einfach gerne auf und reden die ganze Zeit so miteinander."

„Sie meckern sich einfach gerne an." Melody schüttelte den Kopf. „Manchmal ist es ziemlich amüsant zuzusehen."

Hinter sich hörte sie Wyatt lachen. Es war ein leises Geräusch, das sie zum Lächeln brachte. Sein Lachen und zu sehen, wie er sich entspannt hatte, waren die absolute Bestätigung, dass sie das Richtige getan hatte, als sie versucht hatte, ihn davon zu überzeugen, in die

Kirche zu kommen. Sie war sich immer noch nicht sicher, was seine Meinung geändert hatte, doch sie dankte Gott dafür.

„Wenn du lange genug bleibst, wirst du App und Stanley oft sehen. Sie sind jeden Morgen bei Sam und spielen Dame. Sie halten so ziemlich alle bei der Stange und kommen auf die abwegigsten Ideen."

„Das kann ich mir vorstellen", sagte Amanda.

Ihr Blick wurde von Wyatt angezogen. Er lächelte und entspannte sich, als er sich auf das Gespräch einließ. Es war wunderbar, ihn so zu sehen. Sie war so froh, dass er sich entschieden hatte, mit ihr zu kommen.

Wo war der Mann, der so hartnäckig darauf bestanden hatte, nicht im Rollstuhl in die Kirche zu fahren? Dieser Mann hier war der Mittelpunkt der Party – und ihr vollkommen unbekannt.

„Du hast ihm schon geholfen", sagte Melody etwa dreißig Minuten später.

Sie und Wyatt waren zusammen mit Cole und Susan zum Mittagessen zu Seth und Melody gefahren. Sie war mit Melody und Susan in der Küche und half dabei, das Mittagessen fertig zu machen.

Melody war eine hübsche Brünette mit veilchenblauen Augen, deren Farbe und Intelligenz durch ihre violette Brille betont wurden. Amanda konnte sie sich als Geschichtslehrerin in der Mittelschule gut vorstellen.

„Die Tatsache, dass du ihn dazu gebracht hast, im Rollstuhl zur Kirche zu kommen, ist erstaunlich."

„Und er hat tatsächlich ein paarmal gelächelt", sagte Susan, während sie Tomaten für den Salat schnitt. Sie war groß, blond und schön – überhaupt nicht das, was Amanda sich als die Tierärztin des Ortes vorgestellt hatte, als sie sich kennengelernt hatten. Doch sie war es, und laut Wyatt war sie hoch angesehen.

Amanda mochte beide Frauen sehr. Es fiel ihr immer noch schwer, sie anzusehen und zu glauben, dass eine mit einem Turner-Bruder verheiratet war und die andere kurz davor war, einen anderen Turner-Bruder zu heiraten, weil Wyatt sie verkuppelt hatte. Wyatt Turner sah nicht aus wie ein Amor oder ein Kuppler. Und er erweckte definitiv nicht den Eindruck, ein Romantiker zu sein, doch genau das war er in ihren Augen. Sie fragte sich, warum er keine Frau in seinem Leben hatte. Oder vielleicht hatte er eine in Dallas. Was wusste sie schon?

Der Klang seines heiseren Lachens ließ ihren Puls rasen, wenn sie nur daran dachte. Das war eine gefährliche Sache, und sie wusste es. Der heutige Tag war auf vielen Ebenen ein Erwachen gewesen und sie sah Warnsignale. Je mehr er aus seinem Schneckenhaus herauskam, desto mehr Ärger konnte diese ungewollte Anziehung, die sie spürte, verursachen.

„Ich bin erst seit anderthalb Wochen hier, aber ich denke, es geht ihm besser, weil er sieht, dass wir

Fortschritte machen." Sie kannte Wyatt jetzt elf Tage. Es kam ihr länger vor. „Ich werde ihn morgen mit einem Rollator überraschen."

„Oh, Seth wird begeistert sein", strahlte Melody.

„Cole auch. Oh, Amanda, du bist unglaublich", sagte Susan. „Ich sage dir, ihn aus diesem Stuhl zu holen, wird eine ganz neue Seite an ihm zum Vorschein bringen. Wenn du denkst, dass die Veränderung in den letzten Tagen etwas ist, wird dich umhauen, was kommt."

Amanda konnte das glauben. Wenn sie ehrlich war, ging es ihr schon jetzt so.

KAPITEL ELF

Wyatt beobachtete Amanda, als sie nach Hause fuhren. Er war froh, dass er in die Kirche gegangen war. Doch er hatte die meiste Zeit an Amanda gedacht. Vielleicht stimmte das, was sie darüber gesagt hatte, dass er in diesem Stuhl saß. Vielleicht. Doch wie sah sie die Tatsache, dass sie ihr Bein verloren hatte? War das der Grund gewesen, warum ihr Verlobter ihre Verlobung gelöst hatte? Die Idee war ihm gekommen, kurz nachdem sie an ihm vorbeigejoggt war. Es hatte ihn während des gesamten Gottesdienstes geplagt, als er vor allen so tun musste, als ginge es ihm großartig – es *ging* ihm großartig, wenn man bedachte, was sie aus physiotherapeutischer Sicht für ihn getan hatte. Doch über sein Verhalten seit seiner ersten Begegnung mit Amanda bis jetzt, war er so beschämt, wie ein Mann nur sein konnte. Und er überlegte, wie er sich dafür am besten bei ihr entschuldigen könnte.

„Warum haben Sie mir nichts von Ihrem Bein erzählt?" Nicht gerade taktvoll, doch es brachte den Ball ins Rollen. Es war nicht so, als könnte sie ihn für noch viel erbärmlicher halten, als sie es wahrscheinlich ohnehin schon tat.

Sie warf ihm einen Blick zu. „Sie haben mich heute Morgen gesehen?"

„Wenn Sie nicht darüber reden wollen, verstehe ich …" Er hielt inne und beschloss, sich öffnen. „Aber ich will ehrlich sein. Ich schulde Ihnen was. Ich habe alles, was Sie mir gestern gesagt haben, gebraucht. Und der Tag heute hat mir gutgetan. Ich bin froh, dass Sie mir die Augen geöffnet und mich dorthin gebracht haben. Es war gut für meine Perspektive. Ich weiß nicht, warum Sie mir nichts von Ihrem Bein erzählt haben, aber ich habe eine Vermutung."

Sie sah ihn entschuldigend an. „Ich wollte es Ihnen sagen. Aber Sie haben mich schon einmal gefeuert, weil ich Ihrer Meinung nach zu jung bin. Ich dachte mir, dass es nicht gerade ihrem Vertrauen in mich zuträglich wäre, wenn sie gewusst hätten, dass ich nur ein Bein habe."

Sie fuhr über den Weiderost und hielt vor dem Haus an. Sie hätte nicht sagen müssen, dass sie geglaubt hatte, er würde ihre Behinderung als negativ ansehen. Ihm war übel.

„Ehrlich gesagt hätte ich das damals

wahrscheinlich getan. Aber jetzt, wo ich Sie in Aktion gesehen habe, tut es mir leid. Ich hätte das nicht denken sollen. Aber ich kann es nicht ändern. Jetzt kann ich nur sagen, dass es mir leid tut."

„Ich habe das Gefühl, ich hätte es sagen sollen. Sie müssen sich nicht entschuldigen."

Er berührte ihren Arm. „Amanda, Ihretwegen bin ich im Begriff, aus diesem Stuhl aufzustehen, und ich bin dankbar für alles, was Sie für mich tun – das schulde ich Ihnen, da ich nicht gerade der beste Patient war. Meine Brüder wussten es. Sie haben gesagt, es stand in ihrem Exposé."

Sie sah aus, als würde sie es noch mehr hassen, das zuzugeben. „Ja."

„Ich habe sie darauf angesprochen. Sie haben mir gesagt, sie wollten mir keinen anderen Grund geben, Sie nicht bleiben zu lassen. Also haben sie geschwiegen. Sie haben gelacht und gesagt, es sei meine Schuld, weil ich so dickköpfig sei. Da muss ich ihnen recht geben."

„Ich hatte schon schlimmere Patienten, glauben Sie mir."

Er sah sie skeptisch an. „Im Ernst?"

„Kinder können schwierige Patienten sein, wenn sie sich an den Verlust einer Gliedmaße gewöhnen. Ich verstehe es allerdings." Sie stellte den Motor ab und sah ihn an.

Stille umhüllte sie im Fahrzeug, und Wyatt fühlte

sich wie gebannt angesichts des Verständnisses und der Vergebung in ihren Augen.

„Sie sind eine gute Frau, Amanda."

Er war erschrocken, als ihre Augen plötzlich von Tränen glasig wurden. Er reagierte, indem er erneut ihren Arm berührte, doch sie blinzelte heftig, öffnete ihre Tür und war verschwunden. Er stieg langsam aus und wartete, während sie den motorisierten Rollstuhl ablud. Er sagte sich, dass er sich daran erinnern sollte, dass das eine rein geschäftliche Beziehung war und er die Grenze nicht überschreiten würde.

„Ich denke, Sie werden sich freuen zu hören, dass das Ihre letzte Ausfahrt in diesem Ding ist", sagte sie zu fröhlich. „Sobald wir im Haus sind, werden wir zum nächsten Schritt übergehen. Ab dann gehen Sie mit dem Rollator."

„Das ist gut."

Er dachte, er hätte begeistert sein sollen. Doch alles, woran er denken konnte, als er die Rampe hinauf und ins Haus fuhr, war Amanda und was sie hinter ihrem allzu strahlenden Lächeln verbarg. Warum hatte sie fast geweint, als er ihr gesagt hatte, dass sie eine gute Frau war? Zweifelte sie etwa daran?

Glaubte sie, dass das Ende der Verlobung bedeutete, dass sie keine gute Frau war? Viele Fragen schwirrten in seinem Kopf herum.

Hatte jemand ihr gesagt, dass sie es nicht war?

Er drehte den Stuhl herum, bereit zu fragen und es herauszufinden. *Das ist eine rein geschäftliche Beziehung, Cowboy,* warnte die Stimme in seinem Kopf.

Sie warf ihm einen Blick zu und verschwand sofort im Trainingsraum. Als sie wenige Augenblicke später zurückkam, trug sie den Rollator und stellte ihn vor ihm ab.

„Lassen Sie es uns versuchen."

Er starrte sie an und überlegte, was er tun sollte.

„Jetzt nur nicht zu überschwänglich werden", sagte sie.

Ihre ernsten Augen schienen ihn anzuflehen, nicht dorthin zu gehen, wo seine Gedanken hingewandert waren … er hatte diesen Blick schon einmal gesehen. Von Menschen, die geschworen hatten, die Wahrheit zu sagen, und gerade gemerkt hatten, dass ihnen Fragen gestellt werden würden, die in einen Bereich ihres Lebens eindringen würden, über den sie nicht sprechen wollten.

„Zeit, aufzustehen, Wyatt. Raus aus dem Ding, und lassen Sie uns den Stuhl in den Ruhestand schicken."

„Sie haben recht."

Sie wollte nicht über ihr Privatleben sprechen und war wegen eines Jobs hierhergekommen, um dem Reden und Nachdenken über ihre Trennung zu entkommen. Wyatt erinnerte sich daran, dass er ihr Job war. Nicht ihr Freund oder ihr Hüter. Er war ihr Patient.

Und er würde gut daran tun, es nicht zu vergessen.

Zwischen ihnen herrschte eine unbehagliche Spannung. Sie lag knapp unter der Oberfläche ihrer Herzlichkeit, als hätte sie Angst, er würde sie durchschauen, wenn er sie genau genug studierte.

Es war ihr unangenehm.

„Mehr geht nicht", sagte Wyatt am Donnerstagmorgen. Es war vier Tage her, seit er angefangen hatte, den Rollator zu benutzen.

Sie lächelte aufmunternd. „Keine Sorge, Sie machen das ausgezeichnet. Okay, und jetzt stehen Sie auf, und machen Sie mit den Gewichten weiter."

Sie sah zu, wie er aufstand. Er wurde von Tag zu Tag stärker. Sie gab ihm die Fünf-Pfund-Gewichte, mit denen er die Muskel-Sehnen-Kappe stärken und stabilisieren würde.

„Wie haben Sie letzte Nacht geschlafen?", fragte sie und beobachtete, wie er das Gewicht in seiner Hand hielt, seinen Arm eng an seinem Körper, den Ellbogen an seine Seite geklemmt und dann das Gewicht nach außen und weg von seinem Körper bewegte. Sie berührte seinen Ellbogen, um sicherzustellen, dass er sich nicht bewegte. „So ist gut." Sie beobachtete ihn bei seinen Wiederholungen.

„Wie haben Sie geschlafen?", fragte sie, als er die Gewichte abgelegt hatte und sich zu ihr umdrehte. Müdigkeit begegnete ihrem Blick, als sie zu ihm aufsah.

„Schlecht", gab er zu. „Aber das ist nichts Neues. Nachts ist es einfach unbequem und tut weh."

„Platzieren Sie die Kissen so, wie ich es Ihnen gezeigt habe?"

„Ja, das hat ein bisschen geholfen."

Er starrte sie an und forschte in ihren Augen. Es fühlte sich persönlich an. Sie war ihm so nahe, dass sie die Hitze seines Arms an ihrem spürte. Ihr Mund wurde trocken, und ihr Puls beschleunigte sich. Das bedeutete nur Ärger. Er war ihr Patient – rasender Puls war absolut tabu. Mägen, die Purzelbäume schlugen und Atemnot auch. Sie wich zurück – so schnell, dass sie gegen den Hantelständer stieß. Er wackelte, und sie stolperte, als sie danach griff, um ihn am Umfallen zu hindern, doch Wyatts Hand schloss sich sicher um ihren Arm.

„Langsam. Wir wollen nicht, dass Sie fallen und sich verletzen." Seine blauen Augen bohrten sich in ihre, bevor sie zu ihrem Mund wanderten. „Wir wären ein tolles Paar, wenn wir beide hier herumhumpeln würden."

Ihre Haut brannte dort, wo sich seine Finger um ihren Arm schlossen. Sie hätte keinen zusammenhängenden Satz bilden können, um ihr Leben zu retten. Sie konnte ihm nur zunicken.

„Sie schlafen selbst nicht viel." Seine Stimme war so sanft, wie seine Hand ruhig war. Sein Blick wanderte wieder zu ihren Augen.

„Was meinen Sie?"

„Dass Sie vor Sonnenaufgang joggen gehen."

Sie lächelte angespannt. „Das ist etwas, was ich gerne mache. Keine große Sache."

„Keine große Sache. Sie und ich wissen beide, dass Laufen eine große Sache für Sie ist – und beeindruckend. Sie sind Stunden weg."

Er hatte sie wirklich beobachtet. Der Gedanke gefiel ihr mehr, als sie geahnt hätte.

„Warum schenken Sie meinem Laufen so viel Aufmerksamkeit?"

Seine Lippen kräuselten sich sanft, und er senkte sein Kinn, als würde er mit einem Kind sprechen. „Amanda, ich tue das, weil Sie in den frühen Morgenstunden allein auf meiner Weide sind. Ich sorge mich um Sie. Ich will wissen, dass Sie sicher zurückkommen."

„Das tue ich." Amanda holte tief Luft und versuchte, die Schmetterlinge in ihrem Bauch zu beruhigen, als die Enttäuschung sie überflutete – er war besorgt, weil sie auf seinem Grundstück war.

Einen Moment lang hatte sie gedacht – *Moment mal, Schwester, nur einen Moment* – was *hatte* sie gedacht? Dass er aus Sorge um sie aufpasste, weil es ihm *wichtig* war?

Die bloße Vorstellung ließ sie straucheln. Ja, sie fühlte sich zu Wyatt hingezogen, wie sie sich noch nie zu jemandem hingezogen gefühlt hatte … nicht einmal zu Jonathan. Doch sie war gerade verlobt gewesen – sie war verlobt gewesen, und jetzt hatte sie ernsthaft Gedanken an einen anderen Mann, so kurz nachdem sie geglaubt hatte, verliebt gewesen zu sein. Zu welcher Art Frau machte sie das?

Nein, Wyatt war wunderbar, gutaussehend, gebaut wie ein Traum und verdiente mehr, als sie ihm geben konnte – also warum dachte sie überhaupt darüber nach? Außerdem wusste sie jetzt, dass sie es nie riskieren konnte, noch einmal zurückgewiesen zu werden. Sie musste einen klaren Kopf behalten und sich daran erinnern, dass das eine Patient-Therapeuten-Beziehung war und niemals mehr sein würde.

„Sie machen die Übung gut", sagte sie. „Sie bauen Kraft auf und sollten bald eine Erleichterung bemerken. Wie ich meinen Kindern sage, egal was Sie tun, das Geheimnis ist, einen guten Muskeltonus zu erhalten."

„Ich beschwere mich nicht." Er machte mit seiner Übung weiter und ging langsam die anderen Übungen durch, die sie ihm gezeigt hatte.

„Die Kinder, mit denen Sie gearbeitet haben, waren also meistens Amputierte wie Sie?", fragte Wyatt nach ein paar Wiederholungen.

„Ja. Ich habe es geliebt mit ihnen zu arbeiten – ich meine, es hat mir Spaß gemacht, mit den Kindern zu arbeiten, weil sie so viel durchgemacht hatten und es ein großartiges Gefühl war, ihre Ängste vor dem Unbekannten lindern zu können und sie auf das Leben nach ihrem Verlust vorzubereiten."

„Ich wette, das hat sich emotional gelohnt." Er hielt inne und betrachtete sie.

Was sollte sie dazu sagen? Das hatte es, bis ihr klar geworden war, dass sie niemals eigene Kinder haben könnte.

„Ja, das hat es. Mich hat nur gestört, wenn die Versicherung nicht mehr genehmigt hat, und ich gehen musste, bevor ich das Gefühl hatte, dass sie bereit waren."

Er stellte die Gewichte ab und setzte sich auf den Schemel neben dem Tisch.

„Ist das oft passiert?"

Sie schnaubte vor Frustration. „Zu oft. Amputierte – Versicherte und Unversicherte gleichermaßen – tun sich oft schwer mit den Kosten für Prothesen. Ich habe mir immer gewünscht, ich könnte mehr tun. Doch ich habe keinen Weg gefunden. Ich konnte ihnen in der Zeit, in der ich bei ihnen war, nur so viel Hilfe wie möglich geben und ihnen einen detaillierten Plan für die Zeit danach hinterlassen. Das und meine Telefonnummer, falls sie Fragen haben. Das scheint ziemlich gut zu funktionieren."

„Sie klingen wirklich engagiert. Ich bin erstaunt, dass Sie sich entschieden haben, mit Erwachsenen zu arbeiten. Klingt so, als würden diese Kinder Sie wirklich brauchen, um ihnen den Weg zu zeigen."

Warum hatte sie sich überhaupt auf dieses Gespräch eingelassen? Ihr Mund war trocken, als sie versuchte, nicht zu zeigen, dass seine Worte sie getroffen hatten.

„Es war stressig. Ich fühle mich wohl mit der Entscheidung, die ich getroffen habe."

Sein Blick schien schärfer zu werden, als er sie mit durchdringenden Augen musterte.

„Was sagen Sie mir nicht?"

Sie stand auf und sah auf ihre Uhr. Die Therapiestunde war um. „Ich sage nichts, außer dass Sie heute gute Arbeit geleistet haben und stolz auf sich sein sollten. Ihre Gehübungen haben Sie auch super hinbekommen. Machen Sie weiter so, und ehe Sie sich versehen, gebe ich Ihnen einen Stock."

Der Ausdruck auf seinem Gesicht sagte ihr, dass er sich nicht von ihr täuschen ließ.

„Klingt nach einem Plan", sagte er zu ihrer Erleichterung.

Irgendwann würde es ihr leichter fallen, darüber zu sprechen. Sicherlich würde der Schmerz, den sie empfand, weil sie ihre Fähigkeit verloren hatte, Kinder zu bekommen, nachlassen. Zumindest soweit, dass sie funktionieren und sich darüber unterhalten konnte.

„Mein Rücken und meine Hüfte fühlen sich jeden Tag besser an, das muss ich zugeben", sagte Wyatt eine Woche später. Er gab sich praktisch selbst eine Aufmunterungsrede! Sie war stolz auf ihn.

„Und du benutzt einen Stock. Vergiss das nicht."

„Das ist wahr", sagte er, während er den Stock hochhielt. „Dank dir bin ich fast ein brandneuer Mann."

Sein Lächeln war umwerfend und ließ Schmetterlinge in Amandas Bauch flattern. „Freut mich, das zu hören", krächzte sie und versuchte, die wachsende Anziehung und die Gefühle ihm gegenüber zu ignorieren. „Wie ist es mit deiner Schulter? Fang mit der Übung an, und sag mir, wie es sich heute anfühlt."

Sie konzentrierte sich auf seine Schulter und wich seinem Blick aus. Er stützte Daumen, Zeige- und Mittelfinger an die Wand, so wie sie es ihm gezeigt hatte. Er begann auf Schulterhöhe und wanderte langsam an der Wand entlang nach oben. Seine Schulterstreckung verbesserte sich täglich.

Sie beobachtete, wie er die Übung noch einmal machte.

Sie konnte die Veränderung, die sie seit Sonntag vor einer Woche beobachtet hatte, immer noch nicht fassen.

„Gut", sagte sie. „Dieses Mal noch ein Stück höher, wenn du kannst."

Er nickte und konzentrierte sich angestrengt darauf, seinen Arm höher zu strecken.

Seit er von ihrer Amputation erfahren hatte, war er anders. Er arbeitete hart, beschwerte sich weniger und war umgänglicher. Er hatte zugegeben, dass es ihm gutgetan hatte, was sie ihm gesagt hatte. Dass er es hatte hören müssen. Doch sie spürte auch, dass es ihm wegen ihres Beins unangenehm war, dass er sich beschwert hatte.

Sie hatten hart gearbeitet. Wyatt wollte für Coles Hochzeit bereit sein, doch er schien auch hart daran zu arbeiten, ihr zu gefallen – oder sich zu bemühen, ihr zu helfen, sich besser zu fühlen. Es war fast so, als wollte er nicht, dass sie das Gefühl hatte, dass er sie für selbstverständlich hielt. Sie war sich nicht sicher, warum sie dieses Gefühl hatte – vielleicht lag es daran, dass er ihr so aufrichtig gedankt hatte. Dass er sich solche Mühe gab, sich nicht zu beschweren.

Trotzdem hatte ihn das nicht davon abgehalten, mehr über sie herauszufinden. Als ob er wollte, dass sie über Jonathan sprach … als ob er glaubte, dass Reden ihr helfen könnte. Und es hatte mehrmals fast funktioniert – er war ein Experte darin, das Gespräch auf sie zu lenken. Sie konnte sehen, dass diese geradezu unheimliche Fähigkeit ihm in seinem Beruf nützlich war. Doch sie war genauso entschlossen gewesen, wenn irgend möglich nicht darüber zu reden. Sie kämpfte ohnehin damit, einen Halt zu finden, und so hatte sie alle Gespräche wieder auf ein unverfängliches Thema zurückgelenkt.

Jedes Mal hatte er sich mit einem kleinen Lächeln zurückgezogen. Einem Lächeln, das ihr sagte, dass er wusste, dass sie ihm auswich. Es war eine Herausforderung, sich nicht zu erlauben, über ihren Kummer zu reden.

„Du hast ziemlich Überstunden gemacht", sagte er und lenkte ihre Gedanken zurück auf den Moment. „Aber ich habe mich benommen und genau das getan, was der Arzt verordnet hat."

Sie zeigte ihm einen erhobenen Daumen. „Ja, das hast du. Sehen wir uns nun an, wie du nur mit dem Stock durch den Raum gehst. Mach langsam. Wir geben ein bisschen mehr Gas, als ich es sonst tun würde, aber ich weiß, dass du es schaffen kannst."

Er begann mit stockenden Schritten zu gehen. „Wann werde ich aufhören, den Fuß nachzuziehen?"

„Du wirst bald normal gehen. „Doch nicht vor der Hochzeit, fürchte ich. Du wirst stehen und gehen können, aber du wirst noch nicht hundertprozentig sein. Im Moment konzentrierst du dich nur auf deine Schritte. Wie fühlt sich dein Rücken an?"

Langsam und vorsichtig durchquerte er den Raum und ließ sich schwer auf den Stuhl neben ihr sinken.

„Wie kann mich das so fertig machen?", knurrte er und runzelte die Stirn.

Seine Schulter ruhte an ihrer, und es kostete sie all ihre Willenskraft, sich nicht an ihn zu lehnen. Besonders wenn er sie anstarrte, so nah, dass sie die winzigen hellblauen Sprenkel in seinen dunkelblauen Iriden sehen konnte. Ihr Magen flatterte wieder, und sie atmete gleichmäßig, versuchte, sich zu konzentrieren. Ihre Abwehr funktionierte heute nicht. Die Emotionen, die sie in ihrem Herzen eingeschlossen hatte, drohten sie plötzlich zu überwältigen. Sie hatte die ganze Nacht von Kindern geträumt – Kindern, die sie niemals zur Welt bringen würde. Sie war den Tränen nahe aufgewacht und hatte sich nach Trost gesehnt … und alles, woran sie denken konnte, war, wie es wäre, Wyatts Arme um sich zu spüren. Es wurde mit jedem Tag, den sie in seiner Nähe verbrachte, schwerer. Und jetzt das – sie konnte das nicht.

„Reden hilft, denkst du nicht?"

Amanda hatte nicht vorgehabt, sich in ihren Gedanken zu verlieren. Sie schüttelte den Kopf und war so versucht, mit ihm zu reden, dass sie sich selbst nicht traute.

„Nicht für mich. Es tut mir leid, Wyatt, ich muss gehen."

Sie eilte zur Tür.

„Amanda!" Wyatts Ruf folgte ihr, doch sie blickte nicht zurück. Nein, sie war zu sehr darauf bedacht, so viel Abstand wie möglich zwischen ihn und sich zu bringen.

Als sie aus dem Postkutschenhaus floh, war das Bedürfnis, mit ihm zu sprechen, mit nichts zu vergleichen, was sie jemals zuvor erlebt hatte. So schroff und reizbar Wyatt auch anfänglich gewesen war, sie wusste, dass er ihr mitfühlend zuhören würde.

Wenn sie sich in seine Arme warf – was sie vielleicht wenig später getan hätte, wenn sie nicht aus dem Haus geflohen wäre –, würde er sie halten und trösten, denn das war die Art von Mann, der er war.

Am Trailer angekommen, schlug sie die Tür zu und schloss sie ab. Als ob das sie davon abhalten würde, sich umzudrehen und zurückzugehen!

Sie schloss ihre Augen, atmete langsam tief durch und versuchte, ihr rasendes Herz zu beruhigen.

Sie war verwirrt über ihren Geisteszustand. Sie musste mit jemandem reden. Sie musste wissen, wozu sie hier war. Sicherlich hatte *Er* einen Plan für sie, nach allem, was sie durchgemacht hatte. Es musste Gründe dafür geben, wie sich ihr Leben entwickelte. Sie drehte sich um, um aus dem Fenster zu blicken.

Was sind Deine Pläne für mich?

Es musste einen Grund geben, warum sie eine

solche Leere empfand.

Ihre Knie waren schwach. Sie hatte gesucht, doch da war nichts. Sie konnte einfach nicht finden, was *Er* ihr zeigen wollte. Sie war so verwirrt.

Sie sollte sich nicht so fühlen. Ihr Verstand wusste das. Ihr Herz wusste das. Doch tief im Inneren half das alles nicht.

Sie wollte mit Wyatt sprechen. Aber warum glaubte sie, dass ausgerechnet er ihr helfen könnte?

KAPITEL ZWÖLF

„Du hast das alles gezüchtet?", fragte Amanda Melody ein paar Tage nach ihrem Zusammenbruch.

Melody hatte angerufen und gefragt, ob sie Lust hätte, ihren Gemüsegarten zu sehen und dann mit ihr in die Stadt zu gehen, um mit ein paar der anderen Frauen bei der Hochzeitsplanung zu helfen. Amanda nutzte die Gelegenheit, das Haus zu verlassen, obwohl sie befürchtete, dass es eine weitere Kernschmelze auslösen könnte. Doch sie musste weg von Wyatt. Sie tanzten umeinander herum wie zwei Achtklässler bei ihrem ersten Tanz. Sie wollte immer noch Trost in seinen Armen finden, doch sie machte sich auch nichts vor. Sie wusste, dass mehr dahinter steckte.

Melody lächelte und schob ihre violette Brille vor ihre veilchenblauen Augen. „Ich kann nicht alles Lob für mich beanspruchen. Armer Seth." Sie schüttelte mitfühlend den Kopf. „Ich habe ihm in den Ohren gelegen, bis er mir geholfen hat, den Boden hier draußen vorzubereiten."

„Der Garten ist riesig." Amanda lachte erstaunt. „Das ist ein halbes Footballfeld! Du könntest eine Armee ernähren."

Melody stemmte ihre Hände in die Hüften und betrachtete stolz ihr Meisterwerk. „Es ist nur ungefähr ein halber Hektar. Ich habe immer noch Tomaten, auch wenn die Dürre es diesen Monat schwer gemacht hat. Der August ist sowieso trocken, aber ohne Regen ist es noch anstrengender. Ich hatte Mais, aber jetzt pflanze ich Erbsen und Bohnen. Da drüben habe ich Wassermelonen und Cantaloupes. Und alle Arten von Paprika – ich weiß ehrlich gesagt nicht, was ich mit all der Salsa anstellen soll, die ich daraus wohl machen werde." Sie reichte Amanda einen Korb. „Komm. Nimm dir, was du willst. Seth und ich müssen am Freitag auf die andere Ranch, die der Familie gehört, und ich bin mir nicht sicher, wie viel davon noch leben wird, wenn ich zurückkomme. Aber das könnte für eine Weile das letzte Mal sein, dass ich mit ihm fahre, da nächste Woche die Schule wieder anfängt."

„Soll ich irgendwas tun, während du weg bist?", fragte Amanda und pflückte eine Tomate.

„Na ja, die Rancharbeiter sollen gießen, aber ich mache mir nur Sorgen, dass es nicht so gemacht wird, wie ich es will." Sie gingen an einander gegenüberliegenden Seiten der Tomatenreihe entlang. Melody sah sie mit einem verlegenen Gesichtsausdruck um eine riesige Pflanze herum an. „Ich will wirklich nicht unhöflich klingen. Aber sie sind Cowboys, keine Farmer. Selbst wenn mein Seth dafür verantwortlich wäre, würde ich mir Sorgen machen. Sie haben nur Rinder im Kopf."

Amanda pflückte eine weitere pralle, saftige Tomate. Die Farbe war tieforange, und sie wusste von denen, die sie bei Melody gegessen hatte, dass sie genauso gut schmecken würde, wie sie aussah.

„Tagsüber habe ich Zeit. Ich komme gerne rüber und kümmere mich darum." Und wie gerne.

„Bist du sicher?"

„Ja", sagte Amanda. „Ich weiß nicht viel über Gärten, aber ich würde es gerne tun. Ich bin nicht weit weg, und du brauchst deine Cowboys nicht zu Farmern zu machen."

„Macht Wyatt dich so verrückt?"

„Nein. Nun, ein bisschen. Aber nicht auf eine schlechte Art und Weise. Ich meine …" Amanda konnte das nicht alles Wyatt anlasten. „Ich habe selbst einiges im Kopf. Dinge, die passiert sind, bevor ich hergekommen bin. Ich könnte wirklich etwas gebrauchen, um meinen Kopf und meine Hände zu beschäftigen."

Melody hörte auf, Tomaten zu pflücken, und echte Sorge zeichnete ihr Gesicht. „Ist es irgendwas, wobei ich helfen kann?"

„Nein –"

„Ist es ein Mann?"

Amanda schüttelte zu heftig den Kopf.

„Das ist es!", keuchte Melody mit sanften Augen.

„Du hast einen Freund?"

„Nein", sagte Amanda. „Ich *hatte* einen Verlobten." Da, sie war ehrlich gewesen. Was für eine Rolle spielte es überhaupt? Wirklich. Sie musste darüber hinwegkommen, und als sie Wyatt davon erzählt hatte, hatte sie gesehen, dass es in Ordnung war.

„Du wolltest heiraten. Weiß Wyatt das?"

„Ich habe es ihm neulich erzählt."

„Ich bin froh, dass du ihm das anvertrauen konntest. Ich will nicht neugierig sein, aber wie geht's dir?"

„Besser. Ich habe gekämpft, aber ich bin dankbar, dass es vorbei war, bevor wir geheiratet haben."

„Amen. So einen Mann braucht man nicht. Ich weiß, das muss weh tun, aber du wirst den richtigen Mann treffen – vielleicht früher, als du denkst." Sie lächelte verlegen. „Wer weiß, was die Zukunft bringt? Schau, was du alles geschafft hast, seit du dein Bein verloren hast. Das zeugt von deiner Stärke."

Amanda wandte sich wieder dem Gemüsepflücken zu. „So soll es sein." Sie hatten erst die halbe Reihe hinter sich, doch ihr Korb war bereits voll. „Der Korb ist randvoll." Sie lachte und starrte auf alles, was noch an den Pflanzen hing. Dieser Garten konnte die ganze Ranch versorgen. Warum um alles in der Welt hatte Melody so viel gepflanzt?

„Was passiert mit dem Rest?"

„Ach, mach dir deswegen keine Sorgen. Ich habe die Frauen vom *Sicheren Hafen* eingeladen, zum Ernten vorbeizukommen. Das ist das Frauenhaus, das Dottie und Brady Cannon betreiben. Brady ist unser Sheriff."

„Ich wusste nicht, dass es hier ein Frauenhaus gibt."

„Es ist seit ein paar Jahren hier. Kennst du den Süßwarenladen in der Stadt? Das betreiben die Mädels von dort. Dottie bringt ihnen bei, wie man Süßigkeiten herstellt und wie man ein Geschäft führt, während sie dort wohnen. Es ist wirklich eine wunderbare Sache."

„Hört sich ganz so an."

„Und Wyatt würde dir das nicht sagen, aber er kümmert sich um den ganzen legalen Kram für die Frauen, wenn irgendetwas ansteht. Er macht das alles pro bono."

„Das macht er?" Sie hatte nicht so schockiert klingen wollen. Und das war sie auch nicht wirklich. Sie hatte bereits herausgefunden, dass er ein guter Mann war.

Melodys Augen funkelten. „Er ist wirklich ein guter Kerl. Das haben wir nicht nur so dahingesagt. Er macht sowas andauernd."

„Das habe ich mir schon fast gedacht."

„Wie wir dir neulich gesagt haben, haben wir uns nach dem Absturz alle solche Sorgen um ihn gemacht. Ich weiß nicht, ob du es mitbekommen hast, aber er glaubt, sich um alles und jeden kümmern zu müssen. Weißt du, Seth hat mir erzählt, dass Wyatt nach dem Tod ihrer Eltern die Rolle des Hauslehrers übernommen hat, obwohl er selbst erst in der Oberstufe war. Er hat sich für Seth und Cole verantwortlich gefühlt. Darum wollen sie, dass er jetzt vor allem an sich denkt. Sie hatten gehofft, dass er eines Tages hierher zurückkommen und sich niederlassen würde. Er hat Cole nach Hause gebracht, jetzt wollen sie ihn auch hier haben. Doch ich weiß nicht, ob das jemals passieren wird."

Amanda hörte interessiert zu. Sie waren zurück zum Eingang des Gartens gegangen, und als Melody ihren Korb abstellte, tat sie dasselbe und nahm einen kleineren Korb, als Melody ihn ihr reichte.

„Lass uns ein paar Paprika holen, bevor die armen Büsche unter dem Gewicht umfallen."

Amanda dachte an Wyatt, als sie zu den Paprikas hinübergingen. Was sie gerade über Wyatt erfahren hatte, erklärte seinen Gemütszustand besser. Er hatte schon als Jugendlicher die Verantwortung eines erwachsenen Mannes übernommen. Wahrscheinlich war er schon vorher ein Überflieger gewesen, doch die Verantwortung für seine Brüder und die Ranch hatte ihn wahrscheinlich noch mehr dazu gemacht. Kein Wunder, dass er so hart zu sich selbst war. Er war nie wirklich verantwortungslos gewesen, wie es schien. Nicht, bis er in dieses Flugzeug gestiegen und während des Sturm losgeflogen war.

Sie war erst vierundzwanzig, doch sie wusste, dass das, was sie mit vierzehn durchgemacht hatte, sie ziemlich abrupt hatte erwachsen werden lassen. Ihr Respekt für Wyatt wuchs durch das, was sie eben erfahren hatte. Es war absolut nicht zu leugnen, dass er einer der Guten war. Einer der wirklich guten Männer von Mule Hollow.

„Weißt du, wenn Wyatt sich in eine Frau verliebt, kann sie sich wirklich glücklich schätzen", sagte Melody. Ihre hübschen Augen blinzelten unschuldig hinter ihrer Brille hervor.

Amanda fühlte sich plötzlich unwohl angesichts Melodys Andeutung.

„Also gibt es gerade niemand Besonderen in seinem Leben?" Amanda wollte die Frage nicht stellen, doch sie kam einfach so heraus.

Melody schüttelte den Kopf, als sie eine rote Paprika pflückte. „Laut Seth hatte er das noch nie. Wyatt arbeitet. Er datet, versteh mich nicht falsch, aber er hat noch nie Interesse an einer Ehe gezeigt. Darum ist es so interessant, dass er so entschlossen war, Frauen für Cole und Seth zu finden. Er hatte einfach das Gefühl, dass es seine Verantwortung war, sie zu verheiraten und glücklich zu machen. Komisch, wie sehr er Glück mit Ehe verbindet. Ich denke, tief in seinem Inneren will er dasselbe für sich. Er hat sich in seiner Karriere einfach nie lange genug Zeit genommen, um sich daran zu erinnern, dass es für ihn auch ein Leben jenseits der Kanzlei gibt."

„Das steht fest. Der Mann hört nie auf. Er hat die Kanzlei mit nach Hause gebracht."

Melody schüttelte den Kopf. „Cole und Susan haben beschlossen, übernächsten Samstag zu heiraten, da Wyatt jetzt am Stock gehen kann. Sie sind so glücklich und können es nicht erwarten. Cole wird heute vorbeikommen und es Wyatt sagen. Wir hoffen, dass Wyatt vielleicht der nächste sein wird, sobald sie verheiratet sind."

Amanda war sich nicht sicher, was sie von Melodys wehmütigem Lächeln halten sollte.

„Vielleicht", sagte sie. „Ich bin mir sicher, dass es in Dallas viele Frauen gibt, die diesen Platz in seinem Herzen haben wollen. Und in seinen Lebensstil passen."

„Wie ich schon sagte, wir beten, dass er sich in ein Mädchen aus Mule-Hollow verliebt."

„Na dann, viel Glück damit."

Amanda hasste es, Melody den Wind aus den

Segeln zu nehmen, doch sie konnte es sich nicht vorstellen. Wyatt Turner mochte im Herzen ein Cowboy sein, doch sie konnte sich kein Mädchen vom Land vorstellen, das in sein Leben passte. Sein Herz war in Dallas. Warum sonst sollte er bei all diesen Fällen helfen, während er sich erholen sollte?

Er konnte es offensichtlich kaum erwarten, dorthin zurückzukommen … und davon abgesehen wusste sie ganz genau, dass sie für *keinen* Mann die richtige Frau war.

Wyatt starrte durch den Gesichtsausschnitt in der Massageliege auf den Boden und versuchte angestrengt, nichts zu sagen. Es war offensichtlich, dass Amanda keine Lust hatte, über sich selbst zu sprechen. Es machte ihn verrückt. Die letzten Tage waren wie ein schlechtes Rodeo gewesen. Er versuchte, mit ihr zu reden, und sie machte dicht. Er fühlte sich, als würde er dauernd von einem bockenden Bronco abgeworfen.

Er war nicht nur besorgt um sie, er fühlte sich auch immer mehr zu ihr hingezogen. In letzter Zeit war es so schlimm, dass er selbst dann, wenn er arbeiten sollte, an sie denken musste.

Und er konnte nicht aufhören, sich über diese tiefe Traurigkeit zu wundern, die er immer wieder bemerkte. Was machte sie so traurig? Hatte sie diesen Mann so sehr geliebt, dass sie ihn nicht vergessen konnte? Kam sie nicht über ihn weg? Was war es?

Er starrte auf den Boden und kämpfte gegen den Impuls an, sie zu drängen. Wenn er anfing, Fragen zu stellen, fürchtete er, dass es wie ein Verhör klingen würde.

Amanda Hathaway war ihm ein Rätsel. Er mochte keine Geheimnisse, bis sie gelöst waren. Was er wusste, war, dass er sie am Tag ihrer Ankunft schrecklich falsch eingeschätzt hatte. Sie hatte ihm gesagt, dass sie gut in ihrem Job war und dass sie ihn wieder in neuem Glanz erstrahlen lassen würde, wenn er ihr nur vertraute.

Sie hatte ihren Teil des Deals mit Leichtigkeit erfüllt. Trotz ihrer Behinderung.

Ja, er fühlte sich zu ihr hingezogen, doch was noch wichtiger war, er respektierte sie – und es brauchte einiges, um seinen Respekt zu verdienen. Doch sie war in jeder Hinsicht völlig immun gegen ihn.

Es war deprimierend.

Oh, sie hatte vor ein paar Tagen, als sie über den Hantelständer gestolpert war, kurz den Eindruck erweckt, dass sie sich vielleicht zu ihm hingezogen fühlte. Als er sie berührt hatte, hätte er sich fast lächerlich gemacht und versucht, sie zu küssen. Auf keinen Fall durfte er noch einmal darüber nachdenken. Es war lächerlich. Er war ein sechsunddreißigjähriger Mann, und sie gab ihm das Gefühl, ein verknallter

Schuljunge zu sein.

„Du musst dich entspannen", sagte sie und drückte fest auf die Muskeln, die seine Wirbelsäule säumten. „Du bist so verspannt, dass du wieder einen Krampf bekommen könntest."

„Besser kann ich nicht", knurrte er. Wenn sie dachte, er würde sich heute entspannen, träumte sie.

„So hat es keinen Sinn."

Er spürte, wie sie sich von ihm zurückzog, und dann entfernten sich ihre Schritte. Er riss seinen Kopf hoch und starrte über seine Schulter, als sie im Flur verschwand.

„Hey, du bist noch nicht fertig!"

„Für heute schon!", rief sie aus der Küche.

Mit seinem unverletzten Arm zog er sich langsam hoch und stand dann vom Tisch auf, wobei er zusammenzuckte, als er sich zu schnell bewegte. Das ging ihm trotz der Fortschritte, die er gemacht hatte, auf die Nerven. Er fühlte sich nicht, als wäre er hundert Jahre alt, doch er ging immer noch auf die Achtzig zu.

„Warum bist du so weggegangen?", fragte er, als er in die Küche kam. „Du bist wirklich gut darin wegzugehen."

Sie schnitt Paprika und hatte ihm den Rücken zugekehrt. Ihre kurzen Haare schwangen im sehr aggressiven Rhythmus des Messers um ihre Ohren. Als sie seinen Vorwurf hörte, funkelte sie ihn an.

Er war überrascht gewesen, als er herausgefunden hatte, dass sie eine gute Köchin war. Sie war begeistert von all den Dingen, die sie Anfang der Woche aus Melodys Garten mitgebracht hatte, und er hatte ihre Kochkünste genossen. Ihre morgendlichen Omeletts ließen ihm das Wasser im Mund zusammenlaufen. Doch gute Köchin hin oder her, wie sie gerade mit dem Messer hantierte, war furchteinflößend.

Was dachte sie? Ihr Blick schoss zurück zu ihrer Arbeit. Gereizt ging er zu ihr hinüber – immer noch hinkend – und lehnte sich an die Theke neben den Eiern und der Rührschüssel, die sie bereitgestellt hatte. Seine Hüfte schmerzte, und sein Rücken zog, doch nichts davon störte ihn mehr als die Tatsache, dass sie ihm etwas Wichtiges verheimlichte und er wissen wollte, was es war. Vielleicht war es der Anwalt in ihm, der immer tief graben wollte, um die Wahrheit zu finden, und wissen musste, was seine Mitmenschen antrieb. Bis er die ganze Geschichte kannte, konnte er keine Lösung für eine Situation finden.

Doch er wusste, dass es bei Amanda anders war. In ihrem Fall war es der Mann in ihm, der einfach wissen wollte, was die Frau bedrückte, die ihm langsam ans Herz wuchs. Das zuzugeben ging mit eigenen Problemen einher, doch im Moment dachte er nicht darüber nach.

„Du wirst dir noch die Finger abschneiden, wenn

du so weitermachst."

„Ich kann gut mit einem Messer umgehen", antwortete sie kühl.

Das reichte ihm. „Nicht, solange ich da bin." Er griff nach dem Messer. „Gib mir das Messer."

„Nein." Eisige Augen funkelten ihn an, doch sie hörte auf zu hacken.

„Ich habe gesagt – gib mir das Messer. Ich spiele keine Spielchen, Amanda. Ich habe heute Morgen Lust auf ein Frühstück bei Sam."

„Ich aber nicht."

„Egal. Ich schon, und du wirst mich fahren. Das ist dein Job. Oder hast du das vergessen?" Er spielte nicht fair, aber es war ihm egal.

Sie starrte ihn an, als hätte er den Verstand verloren. Vielleicht hatte er das. Er wusste nur, dass er sie zum Frühstück ausführen wollte – und wenn er es auf diese Weise tun musste, dann sollte es so sein.

„Ich werde keine gute Gesellschaft sein."

„Und wenn schon. Es wird viel gute Gesellschaft geben, selbst wenn du dich entscheiden solltest, in der Ecke zu sitzen und zu schmollen. Jetzt gib das Messer her."

Schmollen! Wyatt glaubte, sie schmollte. Sie gab ihm das Messer. Sie gab sich große Mühe, sich nicht in

Wyatt zu verlieben, doch es geschah trotzdem.

„Danke." Er nahm das Messer und ließ es in die Spüle fallen. „Lass uns gehen."

Sie hatte keine andere Wahl, als ihm zum Geländewagen zu folgen.

Auf dem Weg in die Stadt eskalierte die Spannung zwischen ihnen … obwohl sie nicht viel sagten. So verrückt es auch war, er wirkte entspannt, was sie nur noch angespannter machte. Sie versuchte, Abstand zu ihm zu halten, doch bei all den neuen Informationen über ihn, die ihr alle nur zu bereitwillig ins Gesicht warfen, war das fast unmöglich. Und dann war da noch das Problem, dass er unbedingt herausfinden wollte, was sie bedrückte. Der Mann war unerbittlich.

„Mach dich auf eine echte Gaumenfreude gefasst, wenn du noch nicht bei Sam gefrühstückt hast."

Er klang weder wütend noch verärgert, obwohl er sie gezwungen hatte mitzukommen. Er klang, als würde er sich darauf freuen, Zeit mit ihr zu verbringen – was sehr gefährlich war.

Wenn er mit ihr sprechen würde, würde sie vielleicht nicht darüber nachdenken müssen, wie gut er aussah … oder wie er ihr in den wenigen Wochen, seit sie ihn kannte, unter die Haut gegangen war.

Fast wünschte sie sich, dass er wieder zu dem unangenehmen Zeitgenossen wurde, der er zu Anfang gewesen war, der es schwer machte, ihn zu mögen …

oder sich irgendwelche Gedanken darüber zu machen, wie es wäre, sich in ihn zu verlieben.

„Ich bin keine große Frühstücksesserin", sagte sie und kämpfte darum, die Löcher zu füllen, die er in die Barriere um ihr Herz gesprengt hatte.

Aber oh, was tat Wyatt? Er grinste! Und es war kein kleines Grinsen. Nein, das war ein sündhaft spitzbübisches Grinsen, das ihr einen elektrischen Schlag versetzte, als wäre sie mit einem Taser getroffen worden.

„Du bist wild entschlossen, unglücklich zu sein, oder?", fragte er immer noch lächelnd. Er schien sich glänzend zu amüsieren!

„Ich sage nur die Wahrheit", blaffte sie.

Jetzt hörte sie sich wirklich an wie ein schmollendes Kind!

Das amüsierte Funkeln in seinen Augen sagte, dass er dasselbe dachte, als er die Tür öffnete und ausstieg.

Mit seinem noch geschwächten Arm, einer kaputten Hüfte, einem kaputten Rücken und einem Gehstock musste er vorsichtiger sein.

„*Warte*!", rief sie. Sie sprang aus dem Geländewagen und eilte herum, um ihm zu helfen, aus Angst, dass er fallen könnte und sie ihn auffangen müsste.

Er stand neben der offenen Tür und beobachtete sie, immer noch grinsend.

„Du hättest dich verletzen können", fauchte sie und schloss die Tür mit einem Knall.

„Dachte ich mir doch, dass ich dich so am schnellsten zum Frühstück aus dem Truck bekomme."

Sie durchbohrte ihn mit Blicken. „Du spielst nicht fair."

„Ich habe nie behauptet, dass ich fair spiele. Eine Sache, die du über mich wissen musst, ist, dass ich tue, was ich tun muss …"

„Okay, okay, ich frühstücke mit dir. Aber ich warne dich, Buster, ich kann genauso schmutzig spielen."

Das brachte ihr ein tiefes Baritonlachen ein, das ihre Knie weich werden ließ. Als sie ihm die Stufen hinauf folgte, hatte sie das Gefühl, dass es nicht leichter werden würde. *Dieser* Wyatt Turner, der Verspielte, könnte unwiderstehlich sein.

KAPITEL DREIZEHN

„Stanley, würdest du dir das ansehen", sagte Applegate und hüpfte mit seinem roten Damestein, während er seine buschigen Augenbrauen zusammenzog und Amanda und Wyatt anstarrte, als sie das Diner betraten.

Die beiden alten Männer saßen am vorderen Fenstertisch mit einem Damebrett zwischen sich. Neben ihnen lag ein Fünf-Pfund-Sack mit Sonnenblumenkernen, und auf dem Boden zu Stanleys Füßen stand ein Spucknapf aus Messing.

Stanley starrte sie mit weit aufgerissenen Augen an, spuckte die Spelze in schneller Folge aus, und die Granaten trafen den Spucknapf genau mittig.

„Wyatt, du gehst! Wie schön, das zu sehen. Ich hätte mich fast nicht umgedreht und geschaut, weil ich dachte, der alte App will mich ablenken, um zu mogeln."

„Willst du damit sagen, dass App hier schummelt?", fragte Wyatt, als er langsam auf sie zuging.

Stanley zupfte an seinem Ohr. „Nein, tut er nicht. Aber wenn er mich schlagen will, muss er damit anfangen."

Applegate runzelte die Stirn und sah seinen Freund an. „Glaub das nicht. Ich habe ihn reichlich geschlagen. Könnte es gleich wieder tun, wenn er nicht aufpasst."

Trotz ihres Zögerns mitzukommen, musste Amanda die beiden Freunde anlächeln. Sie wurde jedoch von den Frühstücksdüften abgelenkt, die aus der Küche kamen. Guter Gott, es roch köstlich.

„Sieh an, sieh an, wen haben wir denn da." Sam eilte aus der Küche. „Es wurde auch Zeit, dass du reinkommst und das kleine Mädchen mitbringst. Lass die beiden alten Kauze spielen und uns dem kleinen Mädchen eine Sitznische besorgen."

Applegate grinste, sein hageres Gesicht eine Kaskade von Falten. „Ja, setzt euch nur, während ich Stanley hier das letzte Hemd abnehme."

Sam wartete vor der Nische gegenüber von App und Stanley.

„Das ist großartig, Sam." Wyatt blieb stehen, während sie sich setzte. Es war absolut nichts Romantisches daran, in einem altmodischen Diner zu frühstücken, während drei alte Männer zusahen, doch

Amanda bekam trotzdem Schmetterlinge im Bauch, als Wyatt vorsichtig auf den Sitz ihr gegenüber glitt.

Sie musste sich das abschminken. Sie musste – musste – musste!

„Wie geht's dir, Amanda? Hast du den Jungen unter Kontrolle?" Sam stellte zwei Tassen vor sie auf den Tisch.

„Ich versuche es." Sie nickte, als Sam die Kanne hochhob, dann füllte er ihre Tasse.

Applegate polterte laut quer durch den Raum. „Das war noch nie eine leichte Aufgabe."

Amanda nahm an, dass er ein Problem mit seinem Gehör hatte.

„Es ist schön, dich ohne den Rollstuhl zu sehen. Das hat einfach nicht richtig ausgesehen."

„Das war es auch nicht", dröhnte Stanley und spuckte einen Sonnenblumenkern in den Spucknapf. „Als Jungspund hat er sich nie eine Pause gegönnt. Hat immer mit seinem Grandpa oder seinem Daddy gearbeitet. Oder später mit den Brüdern und auf der Ranch. Deine Familie wäre stolz auf dich, mein Sohn."

„Danke, Sir. Das bedeutet mir viel."

Da sie zwischenzeitlich einiges über ihn erfahren hatte, wusste Amanda, dass es Wyatt alles bedeutete. Es war offensichtlich, dass er alles getan hatte, um seine Familie stolz zu machen und die Lücke zu füllen, die ihr Tod im Leben seiner Brüder hinterlassen hatte.

„Doch jetzt musst du nach Hause kommen, wo du hingehörst."

Sam stellte die Kaffeekanne auf die Heizplatte.

„Es ist nicht richtig, dass du nicht hier bist. Du bist ein Turner. Turner-Männer gehören hierher."

Wyatt zuckte mit seiner gesunden Schulter. „Habe ich das nicht schon hundertmal mit euch durchgekaut? Ich bin gut in dem, was ich tue. Ich bin glücklich in Dallas."

Sam, Applegate und Stanley schüttelten den Kopf. Amanda sah fasziniert zu. Diese Männer meinten es ernst. Sie wollten Wyatt genauso zu Hause haben wie Seth und Cole. Alle wollten ihn zu Hause. Doch es war offensichtlich, dass Wyatt das nicht wollte.

„Was wollt ihr essen?", fragte Sam. „Sowas Gutes wie meine Küche kriegst du in der Großstadt nicht."

Stanley sprang mit einem Stein und grinste über Applegates finsteren Blick. „Ja, du hast Sam immer gesagt, dass er der beste Koch der Welt ist, als du ein Dreikäsehoch warst und dein Großvater dich auf einen Stapel Zeitungen auf den Barhocker gesetzt hat."

„Sams Essen *ist* das beste. Das habe ich nie bestritten. Was glaubt ihr, warum ich meine reizende Physiotherapeutin genötigt habe, mich hierherzubringen, sobald ich am Stock gehen konnte? Das Übliche für mich, Sam. Was hättest du gerne, Amanda?"

Er hatte sie *reizend* genannt. Natürlich neckte er die älteren Männer, doch seine Augen wärmten ihr Blut, als er ihrem Blick begegnete. Elektrizität schien in der Luft zu summen. Sie nahm die Plastikkarte neben dem silbernen Serviettenhalter und starrte auf das Frühstücksangebot. Ein Bild von Wyatt als Kind, das mit seinem Großvater an der Bar saß, tauchte vor ihrem geistigen Auge auf. Er war sicher ein süßes kleines Kind gewesen. Neugierig und wahrscheinlich ein kleiner Besserwisser. Ja, das war er sicher gewesen. Er war ein Kind gewesen, das die Welt bei den Hörnern packen würde, sobald es aus dem Mutterleib gekommen war, da war sie sich ziemlich sicher. Seine Kinder würden zweifellos genauso sein.

Sie begegnete seinem Blick, und er hatte ein schelmisches Leuchten in den Augen, als er sie beobachtete. Fast so, als könnte er ihre Gedanken lesen. Der Mann wäre wahrscheinlich ein großartiger Pokerspieler geworden – sie hatte gehört, er hatte viel mit seinem Urgroßvater Oakley gemein, der das Postkutschenhaus in einem Pokerspiel gewonnen hatte.

„Ich nehme das Texas French Toast", platzte sie heraus, weil es ganz oben auf der Speisekarte stand.

Wyatt grinste schief – und sie war sich sicher, dass er ihre Gedanken lesen konnte. Sie schluckte den Kloß herunter, der sich in ihrem Hals festgesetzt hatte, und bemerkte, dass sie nicht in der Lage war, den Blick abzuwenden.

„Wie hast du das gemacht?", blaffte Applegate, und seine Stimme brach den Bann wie ein Megaphon.

Amanda richtete ihren Blick auf die Damespieler und sah, dass er das Brett anstarrte.

Stanley sah sie selbstzufrieden an. „Ich erwische ihn fast jedes Mal. Und er lernt nie. Er war zu sehr damit beschäftigt, euch beiden dabei zuzusehen, wie ihr euch gegenseitig schöne Augen macht, um zu sehen, dass er mir drei Sprünge geschenkt hat."

„Schöne Augen!", rief Amanda aus, bevor sie sich fangen konnte. „Das tue ich nicht."

„Doch. Ich habe es gesehen. Und es hat mich gefreut, es zu sehen."

Sie starrte Applegate an und schloss den Mund, sonst hätte sie vielleicht etwas gesagt, das sie bereuen würde. Sie bereute dieses Frühstück schon. Und Wyatt half auch nicht. Oh nein, er lachte. Seine Schultern waren hochgezogen, so sehr lachte er. Seine Schultern bebten vor Lachen. Das war lächerlich.

„Ich mache, habe nicht und werde niemals meinen Patienten schöne Augen machen."

„Das hoffen wir natürlich." Stanley lachte genau wie Wyatt. „Wenn du das tust, was wäre dann das Besondere daran, dass du und unser Junge hier einander so anstarrt?"

Amanda wurde übel. Sie hatte nicht vorgehabt, ein

solches Gespräch zu beginnen. Sie hatte Wyatt nicht vor aller Augen wie ein liebeskrankes Hündchen anstarren wollen. Doch wer hätte gedacht, dass drei alte Männer – zwei, die auf der anderen Seite des Raums saßen – anfangen würden, über schöne Augen zu reden. Wyatt sah nicht glücklicher aus, als sie war.

„Hey, Jungs, wartet noch ein bisschen damit, das Aufgebot für Amanda und mich zu bestellen. Erstens ist sie viel zu jung für mich. Zweitens bin ich nicht auf dem Markt, und drittens mag Amanda mich nicht besonders."

Amanda konnte nicht fassen, dass er das gerade vor allen gesagt hatte. Zu jung. Das traf sie wirklich. Der Mann hielt sie für zu jung. Dabei war er nur zwölf Jahre älter als sie!

„Oh, ich mag dich", zischte sie und beugte sich über den Tisch zu ihm. „Nur nicht auf diese Weise. Außerdem, Jungs, ich bin gerade nicht auf der Suche nach einem Ehemann."

Sam kam aus der Küche und stellte ihren dampfenden Teller French Toast vor ihr auf den Tisch. Er grinste, als er Eier und Speck vor Wyatt abstellte.

„Und warum nicht?" Sam sah um Wyatts willen beleidigt aus.

„Ja", stimmte Stanley ein. Er hatte das Damespiel aufgegeben und holte eine Handvoll Sonnenblumenkerne aus dem Sack. „Er sieht gut aus, hat Humor …"

„Und", unterbrach App ihn, „er hat einen gut bezahlten Job und besitzt einen Haufen Land."

Da verschluckte sich Wyatt fast an seinem Speck. Sam klopfte ihm auf den Rücken und sah sie finster an.

„Ja, er ist ein wirklich guter Fang. Was meinst du zu alt? Er ist nicht alt."

Amanda war trotz ihres Entsetzens über die Situation amüsiert. „Ich habe nicht gesagt, dass er zu alt ist. Er hat gesagt, ich bin zu jung. Doch er hat recht, der Altersunterschied ist zu groß."

„Unsinn!", grunzte Applegate. „Es gibt eine Menge Paare mit diesem Altersunterschied. Es ist nicht mehr wie in der Schule. Die Jahre spielen keine Rolle mehr, sobald man kein Teenager mehr ist."

Amanda konnte sich ab diesem Moment nur vorstellen, dass dieses Gespräch weiter bergab gehen würde. Sie stocherte in ihrem Toast herum – nicht dass sie noch den geringsten Hunger hätte – und hielt den Kopf gesenkt. Wenn sie nicht bald hier rauskamen, fürchtete sie, dass sich die alten Kauze den nächstbesten Prediger schnappen und sie vor dem Mittagsansturm verheiraten würden.

„Leute, hört auf", befahl Wyatt. „Lasst Amanda in Ruhe ihr Frühstück essen. Mein Bruder heiratet bald. Es ist seine Hochzeit, auf die ihr euch konzentrieren solltet."

Stanleys Hand schwebte mit seinem schwarzen Spielstein in der Luft. „Die Mädels haben das unter Kontrolle. Cole war vor etwa einer Stunde mit Susan hier. Die beiden sind so verliebt, dass sie uns nicht einmal bemerkt haben."

„Ja", bestätigte Applegate. „Sie haben nur darauf gewartet, dass du gesund genug wirst, um zum Altar zu gehen."

Wyatts Miene verdunkelte sich, und Amanda konnte das Zucken in seinem Kiefer nicht übersehen. „Ich habe ihnen gesagt, sie sollen nicht auf mich warten, als ich im Krankenhaus war. Jetzt, wo ich am Stock gehe, wird bald die Hochzeit stattfinden. Das kann ich euch versprechen."

Alle drei Männer grinsten von Ohr zu Ohr.

Sam füllte Wyatts Kaffeetasse auf. „Na, das hört sich wieder ganz nach dir an, mein Junge. Das war schon immer deine Stärke, die Führung zu übernehmen. Wir haben uns große Sorgen gemacht, als du nur draußen im Haus sitzen und dich in Selbstmitleid suhlen wolltest."

„*In Selbstmitleid suhlen!* Ich habe nichts dergleichen getan."

Applegate grunzte, und Stanley spuckte Sonnenblumenkerne aus.

„Wie du meinst." Applegate stellte seine schwarzen Steine auf dem Brett auf. „Aber wenn ein Mann sich weigert, irgendwas zu tun, und sich selbst bemitleidet, fällt mir keine andere Bezeichnung dafür ein."

Stanley stand auf. „Wir müssen rüber zur Probe. Ihr solltet zusammen ins Theater kommen. Wir machen Licht und Ton. Es wäre ein nettes Date für euch."

„Vielleicht machen wir das." Wyatt trank einen Schluck Kaffee und begegnete ihrem Blick über den Rand seiner Tasse hinweg.

Sie hatte sich entschieden, nichts mehr zu dieser Unterhaltung beizutragen. Abgesehen davon interessierte sie sich dafür, was sie trotz ihres Geredes über sie über Wyatt preisgaben ... doch sie fand sogar das faszinierend – nicht, dass sie es ihnen sagen würde. Nein, ihr war klar geworden, dass es einige Dinge gab, die man in Mule Hollow besser für sich behielt.

Eine Weile später verließen sie das Diner, begleitet von lautstarken Ermunterungen für Wyatt, Amanda zu einem richtigen Date auszuführen. Wyatt sagte nichts, bis sie im SUV saßen.

„Nun, das lief nicht ganz so, wie ich es geplant hatte."

Amanda lachte so sehr, dass ihre Schultern zitterten, als sie losfuhr. „Das war auch für mich ziemlich unerwartet."

Junge, das war die Untertreibung des Jahres. Sie hatte sich jedoch während des Gesprächs ein bisschen entspannt, und das war gut so. Jetzt jedoch, wieder allein mit ihm, begann sie sich erneut zu verspannen.

Er bewegte seinen Arm auf der Suche nach einer bequemeren Position und beobachtete sie dabei. Sie sah ihn nicht an, wusste aber, dass er es tat, weil sie seinen Blick auf sich spüren konnte.

„Bei dem Treffen mit den Frauen, zu dem ich Melody neulich begleitet habe, schien es, als wären die Hochzeitspläne abgeschlossen."

„Ja. Seth hat mir gesagt, dass Chance an diesem Wochenende freihat, also wird er kommen und den Gottesdienst halten. Der Zeitplan beim PBR ist ziemlich hektisch, also ist es eine gute Gelegenheit."

Amanda wusste, dass PBR für Pro Bull Riding Organization stand, und war beim Planungstreffen fasziniert gewesen, als sie erfahren hatte, dass Chance Pastor war. Er war Wyatts Cousin väterlicherseits und war mit ihnen aufgewachsen, weil sein Vater ihn während des Schuljahrs nicht zu den Rodeos mitnehmen konnte.

„Rodeopastor ist etwas, das ich nie für einen Job gehalten habe, aber es ist wunderbar." Das dachte sie wirklich.

„Chance ist ein toller Kerl. Er hat ein Herz aus Gold und die Mission, für diese Bullenreiter zu predigen."

Das gefiel Amanda. Sie hatte den Kindern ihren Glauben vermittelt, als sie mit ihnen gearbeitet hatte. Sie war sich nicht sicher, was sie jetzt tat.

„Ich muss nach Melodys Garten sehen. Willst du mich dorthin begleiten?" Sie lud Ärger ein, indem sie mehr Zeit mit Wyatt verbrachte, doch plötzlich wollte sie nicht mehr zu ihrem Trailer am Postkutschenhaus zurück.

„Sicher. Vielleicht sagst du mir dann endlich, warum du nicht über dein Laufen reden willst?"

Und damit ging es wieder von vorn los. „Es ist keine große Sache. Ich laufe gerne, okay? Ich habe es dir nur am Anfang nicht gesagt."

„Aber warum? Wir wissen beide, dass Laufen eine große Sache für dich ist. Ich habe nachgelesen. Ein Läufer, dessen Bein oberhalb des Knies amputiert ist, hat es viel schwerer, mit einer Prothese zu laufen. Du lässt es einfach aussehen. Du läufst anmutig wie ein Reh."

Er hatte sie nicht nur jeden Morgen beobachtet, er hatte auch Nachforschungen über ihre Behinderung angestellt. Amandas Herz flatterte bei dem Gedanken. Neben dem grünen Garten hielt sie an. Er war von einem hohen Zaun umgeben, von dem Melody ihr gesagt hatte, dass er dazu diente, die Rehe fernzuhalten. Sie hatte gesagt, dass für den alten Zaun Holz vom ursprünglichen Postkutschenhaus benutzt worden war. Amanda gefiel der Garten, doch es war nicht der Garten, an den sie dachte, als sie aus dem Geländewagen stieg.

„Ja, ich war zum Zeitpunkt des Unfalls vierzehn.

Und alles, was ich tun wollte, war weiterzulaufen."

Sie starrte Wyatt über die Motorhaube hinweg an. Der Mann war so schrecklich hartnäckig. Und die Sonne, die auf seinem dunklen Haar glänzte, ließ ihn allzu reizend aussehen – sie hatte dieses Wort in ihrem Leben noch nie für einen Mann benutzt, doch es passte einfach. Sie konnte sich vorstellen, wie er für einen großen Benefizball im Smoking gekleidet war. Er würde perfekt in dieses Szenario passen. Der wohlhabende Rancher/Anwalt – das war das Bild von ihm, auf das sie sich konzentrieren musste. Das war ein Leben, in das sie niemals passen würde.

Und sie konnte auch nicht aufhören, ihn als Kind zu sehen, das bei Sam auf dem Barhocker gesessen hatte … Wyatts Sohn würde das eines Tages tun – das heißt, wenn Wyatt ihn zu Wochenendbesuchen auf die Ranch brachte.

„Meine Eltern haben gesagt, dass ich von dem Moment an, als ich laufen konnte, gerannt bin. Irgendwann beschloss ich, einen Marathon laufen zu wollen. Deshalb war ich an dem Tag, als der Mann mich überfahren hat, am Straßenrand unterwegs."

„Das ist jedes Mal schwer zu hören, wenn du das sagst. Es muss noch schwerer sein, es vor neugierigen Leuten wie mir wiederholen zu müssen."

Es berührte sie, dass es ihn interessierte. „Ich beschäftige mich damit. Sei hier vorsichtig", sagte sie in der Hoffnung, das Thema zu wechseln, doch auch besorgt, dass Wyatt sich verletzen könnte. „Konzentrier' dich auf dein Gleichgewicht. Verwende deine Bauchmuskeln, um deinen Rücken zu stabilisieren."

Er stand dicht neben ihr und sah sie mit ernsten Augen an. Plötzlich spürte sie, wie Panik in ihr aufstieg, doch sie konnte sich nicht bewegen. Sie hatte diesen überwältigenden Drang, einen Schritt zu machen und ihre Arme um ihn zu legen. Die solide Kraft seiner Arme um sich zu spüren.

Wyatt bewegte sich, um sich gegen den Torpfosten zu lehnen, und bevor sie merkte, was er tat, hatte er seinen Gehstock angelehnt und seine Hand an ihre Wange gehoben. Das Gefühl seiner Berührung hätte sie dazu bringen sollen, ganz schnell die Flucht zu ergreifen und den ganzen Weg nach Hause zu rennen, doch sie konnte sich nicht bewegen. Sie konnte nicht atmen. Sie konnte nur an seine Berührung und den zärtlichen Blick denken, der in seine Augen trat, als er auf sie hinabstarrte.

„Amanda, ich wünschte, du würdest mir sagen, was dich wirklich belastet. Mein Bauchgefühl sagt mir, dass mehr hinter deiner Entscheidung steckt, deine Arbeit mit Kindern aufzugeben und hier raus zu kommen. Wovor läufst du weg?"

KAPITEL VIERZEHN

Was tat er da? Er überschritt eine Grenze, die er nicht überschreiten wollte. Doch Amanda brachte etwas in ihm zum Vorschein, das er nicht gewohnt war. Er hatte sich nicht davon abhalten können, sie zu berühren. Ihr erschrockener Blick in dem Moment, in dem seine Fingerspitzen sie berührt hatten, war zu erwarten gewesen, aber er gefiel ihm nicht. Er hatte sich ermahnt, es nicht zu tun. Doch er hatte sich nicht zurückhalten können. Es hatte ihm alles abverlangt, nicht früher zu fordern, dass sie es ihm sagte. Den ganzen Morgen hatte er sich darauf vorbereitet, herauszufinden, was sie belastete … oder was sie verheimlichte.

„Ich muss dir sagen, dass ich dich für eine ganz erstaunliche Frau halte." Sie schüttelte den Kopf und wandte den Blick ab. Konnte sie das nicht sehen? Spielte sie deshalb die Tatsache herunter, dass sie eine

Läuferin war? Er hatte das plötzliche Bedürfnis, sie in seine Arme zu ziehen.

Stattdessen vergrub er seine Hände in den Hosentaschen und zwang sie, dort zu bleiben.

„Komm schon, Amanda, ich weiß, wir hatten unsere Probleme, aber ich bin wirklich ein guter Zuhörer. Wenn du einen Freund brauchst, bin ich da. Hat dieser Typ dich verletzt? Etwas getan, worüber du noch nicht gesprochen hast?" Sie wollte es ihm sagen. Er spürte es mit jeder Faser seines Körpers. *Komm schon, Amanda. Sprich mit mir.*

„Warum bist du dir so sicher?"

Sie kämpfte immer noch dagegen an. „Weil zu viel darauf hindeutet, dass etwas nicht stimmt. Du liebst Kinder und doch hast du deine Arbeit mit ihnen aufgegeben. Ja, du hast eine schwere Trennung durchgemacht, aber die meisten Menschen würden Trost darin finden, das zu tun, was sie lieben. Du hast gesagt, dass du es liebst, mit Kindern zu arbeiten … also warum tust du es nicht? Und warum haben deine schönen Augen manchmal einen so traurigen Ausdruck? Ich habe es neulich in der Kirche gesehen."

Sie sah überrascht aus, und er war sich nicht sicher, ob es daran lag, dass er so viel an ihr bemerkt hatte oder weil er ihre Augen schön genannt hatte. Doch genauso schnell, wie die Überraschung gekommen war, übernahm die Traurigkeit.

Er konnte nicht anders. „Was ist los, Amanda?"

Er streckte die Arme aus. Zu seinem Erstaunen trat sie auf ihn zu und vergrub ihren Kopf an seinen Schultern. Ihr Zittern vibrierte durch ihn, und er schloss die Arme um sie. Ein Beschützerinstinkt, wie er ihn noch nie zuvor gespürt hatte, erwachte. Amanda war einer der mutigsten – wenn nicht sogar der mutigste Mensch, den er je gekannt hatte. Was hatte sie also so erschüttert?

„Tut mir leid", murmelte sie an seiner Schulter. Sie war so angespannt, dass er anfing, die Muskeln zwischen ihren Schulterblättern in einer sanften kreisenden Bewegung zu massieren.

„Sprich mit mir." Er kämpfte gegen Treibsand an. Amanda lag in seinen Armen, und es würde ihm schwerfallen, sie loszulassen, sollte sie beschließen, sich zurückzuziehen.

Doch sie bewegte sich nicht weg. Sie holte tief Luft und sah zu ihm auf.

Sie blickte an den Tomatenbüschen vorbei, bevor sie ihn mit überraschend klaren Augen ansah. Vielleicht zu klar.

„Als Jonathan mit mir Schluss gemacht hat, war das, weil …" Amanda schüttelte den Kopf. „Ich kann nicht … ich kann nicht darüber reden."

Wyatt versuchte zu verstehen, was sie ihm sagen wollte. Sie hatte gesagt, dass sie es Jonathan nicht verübeln konnte, dass er die Verlobung gelöst hatte. Dass er für beide die richtige Entscheidung getroffen hatte. Dass es besser war, es früher zu wissen als später. Wyatt stimmte in allen Punkten zu. Ohne diesen Mann war sie besser dran. Trotzdem fand er in seinem Herzen kein Verständnis für ihn. Man sagte einer Frau nicht, dass man sie liebte, und nahm es dann zurück. Wenn ein echter Mann diese Worte sagte, meinte er sie. Dann gab es kein Zurück. Wyatt hatte noch nie eine Frau gefunden, die ihn jemals dazu veranlasst hätte, auch nur darüber nachzudenken, sie zu sagen.

Doch er hatte noch nie jemanden wie Amanda getroffen. Der Gedanke hätte ihn umwerfen sollen, tat es aber nicht. Amanda war eine Frau, die es wert war, geliebt zu werden. Glaubte sie das etwa nicht? War das das Problem?

„Du hast Schmerzen", sagte Amanda. „Was habe ich mir nur dabei gedacht? Du bist schon viel zu lange unterwegs. Lass uns dich zurück zum Haus bringen."

„Ich möchte lieber, dass du mit mir redest." Sie schloss ihn aus.

„Es gibt einfach gewisse Dinge, die ich nicht in Worte fassen kann, Wyatt."

„Versuch's einfach. Es könnte helfen."

Anstatt ihm zu antworten, ging sie weg. Seine Hüfte und sein Rücken verspannten sich, als er sich beeilte, sie aufzufangen. „Amanda, ich kenne dich, und wir hatten keinen guten Start. Ich war ein Idiot, aber ich hoffe, du betrachtest mich als Freund."

Sie drehte sich wieder zu ihm um, ihre wunderschönen aquamarinblauen Augen glitzerten vor unvergossenen Tränen.

„Danke, Wyatt. Ich mag die Idee, dass du mein Freund bist. Aber –"

Wyatts Herz zog sich zusammen, und er wollte sie wieder in seine Arme ziehen und sie trösten.

„Du bist eine bemerkenswerte Frau, Amanda. Ich hoffe, du weißt das."

„Ich kann das nicht, Wyatt. Mein Problem muss ich allein bewältigen."

Sie ging um den Geländewagen herum und stieg ein. Ihre Bemerkung löste nur noch mehr Fragen aus. Er sollte sich zurückziehen. Ihr geben, was sie wollte.

Es ging ihn nichts an.

Doch als er sie durch die Windschutzscheibe anstarrte, wusste er, dass er das nicht schaffen würde.

Amanda konnte das Gefühl nicht vergessen, ein paar Minuten zuvor im Garten in Wyatts Armen gelegen zu haben. Oder dass sie ihm fast alles erzählt hätte! Nur durch reine Willenskraft hatte sie sich davon abgehalten, ihm zu sagen, wie leer sie sich innerlich fühlte. So, wie sie Wyatt kannte, hätte er das überhaupt nicht verstanden.

Er hätte versucht, sie zu trösten. Wie er es zuvor so süß getan hatte. Sie war dankbar für seine Sorge, doch sie wollte sein Mitleid nicht.

So wie es war, fiel es ihr schwer herauszufinden, wie sie mit dieser neuen Beziehung umgehen sollte, die sie angefangen hatten. Er wollte ihr Freund sein. Und er hatte so nette Dinge über sie gesagt – es fiel ihr schwer, zu glauben, dass er sie für bemerkenswert hielt. Und doch hatte er es gesagt.

Während sie darauf wartete, dass er sich auf dem Behandlungstisch ausstreckte, versuchte sie, nicht daran zu denken, wie schön es sich angefühlt hatte, in seinen Armen gehalten zu werden. Es war genauso beruhigend gewesen, wie sie angenommen hatte … selbst wenn sie sich auf ihn geworfen hatte. Doch es war so viel mehr gewesen.

Ohne es zu wollen, fragte sie sich plötzlich, wie es in Wyatts Leben keine Frau geben konnte. Melody und seine Brüder hatten gesagt, es gab keine, doch vielleicht gab es jemanden, von dem sie nichts wussten. Er könnte ein ganzes Adressbuch mit Freundinnen haben oder frei und ungebunden sein.

So wie sie – frei wie ein Vogel, um auszugehen, mit wem sie wollte.

Bei diesem Gedanken starrte sie auf ihren nackten Ringfinger. Als sie zuvor mit Wyatt gesprochen hatte, war ihr klar geworden, dass sie absolut keine Gefühle für Jonathan mehr hatte. Schon eine ganze Weile nicht. Sie war nicht mehr traurig darüber, dass Jonathans Ring nicht mehr da war. Die einzige Traurigkeit – die tiefe, nie endende Traurigkeit – galt dem Grund, warum sein Ring nicht an ihrem Finger war. *Ich will eigene Kinder haben.* Seine Worte sickerten durch ihre Seele wie unvergossene Tränen, die sie innerlich ertränkten.

Sie hatte sich eingeredet, dass es keinen Grund gab, darüber nachzudenken. In ihrem Leben waren einfach keine Kinder für sie vorgesehen. Sie würde einen Weg finden, damit klarzukommen. So wie sie einen Weg gefunden hatte, sich damit abzufinden, dass sie nur ein Bein hatte.

Eines Tages würde sie verstehen, was *Sein* Plan war, was Kinder anging. Sie musste sich nur mit den Höhen und Tiefen auseinandersetzen, die sie bis dahin erlebte. Und jetzt musste sie sich überlegen, was sie Wyatt sagen sollte.

„Läufst du Marathons?"

Seine Frage war wie ein Geschenk, als wüsste er, dass sie Hilfe brauchte. „Ich laufe zwei oder drei pro Jahr, aber keine der großen. Meine Priorität war meine Arbeit. Nachdem ich erkannt hatte, dass sie mir einen Sinn gibt, als ich mein Bein verloren habe, habe ich das Laufen zurückgefahren."

„Aber das Laufen ist auch eine Möglichkeit,

Menschen zu erreichen und zu inspirieren." Er warf ihr einen Blick über die Schulter zu.

„Oh, das glaube ich auch. Ich war nur so mit meiner Arbeit mit den Kindern beschäftigt, dass ich nicht die Zeit hatte, so intensiv zu trainieren, wie ich müsste. Ich habe Kindern gern dabei geholfen, Selbstvertrauen zu finden, nachdem sie Gliedmaßen verloren hatten. Es gibt nichts Schöneres, als einem Kind zum ersten Mal beim Gehen zuzusehen, nachdem …" Sie zögerte, als ihr klar wurde, dass sie ganz selbstverständlich angefangen hatte, über ihre Arbeit zu sprechen. Sie erinnerte sich daran, wie befriedigend ihre Arbeit gewesen war. Nur zwanzig Minuten zuvor war sie in Tränen ausgebrochen, als sie daran gedacht hatte.

„Ich kann mir vorstellen, dass das befriedigend ist. Es bedeutet etwas, Amanda."

„Ich weiß das." Doch es bedeutete nicht, dass sie es weiter tun konnte.

„Glaubst du, dass du später wieder mit Kindern arbeiten kannst?", fragte er sanft.

Er las ihre Gedanken. „Ich glaube nicht", sagte sie.

„Warum?" Er sah wieder über seine Schulter. Seine Augen scharf. Bohrend. „Warum glaubst du das nicht? Ich habe das Gefühl, dass du großartig mit Kindern umgehen kannst. Du hast gesagt, dass es dir Spaß gemacht hat."

„Ich habe meine Gründe. Wie fühlt sich das an?"

Sie drückte einen Knoten ein wenig zu fest, um ihn abzulenken. Er zuckte zusammen.

„Tut weh", presste er heraus. „Wenn ich es nicht besser wüsste, würde ich sagen, du hast das mit Absicht getan."

„Nun, das habe ich, aber nur, weil ich es muss, damit er sich löst. Du weißt das."

Sie war gereizt. Doch sie wollte nicht darüber sprechen. Wie um alles in der Welt hatte sie dieses Gespräch so weit kommen lassen?

„Warum kannst du nicht wieder das tun, was du liebst? Was verschweigst du mir?"

Das war genug! Dieser Mann war viel zu neugierig. Vielleicht lag es daran, dass er Anwalt war. „Wyatt, ich bin nicht im Zeugenstand. Ich habe mehrfach gesagt, dass ich nicht darüber reden will."

Er runzelte die Stirn. „Wenn ein Mandant so in die Defensive geht, ist das nicht gut."

Amanda runzelte ihrerseits die Stirn. „Siehst du, das ist der Punkt, an dem du offensichtlich verwirrt bist. Ich bin nicht deine Mandantin. Du bist mein Patient." Damit drehte sie sich um und marschierte zur Tür hinaus.

Unprofessionell – das wusste sie.

Aber es kümmerte sie nicht mehr. Der Mann musste aufhören, sie zu nerven. Und das sofort.

KAPITEL FÜNFZEHN

„Du siehst wunderschön aus!" Amanda stand in Ashby's Treasures, dem Laden neben Lacys Heavenly Inspirations Salon. Es war eine süße Boutique, die von allem etwas hatte – sogar Brautkleider! Als Susan angerufen und Amanda gebeten hatte, sich ihr Kleid anzusehen, war es ihr eine Ehre, eingeladen worden zu sein. Sie war auch froh, für eine Weile rauszukommen.

Das Kleid war weiß, mit Perlen am Rand des Mieders und am unteren Saum. Passend zum Kleid hatte Lacy Susans blondes Haar zu einer weich fließenden Frisur gesteckt, die ihren schlanken Hals betonte. Amanda fand alle Bräute schön, doch sie glaubte nicht, jemals eine glücklichere gesehen zu haben.

Amanda hatte nicht genau gewusst, wie sie damit umgehen würde, eine Braut zu sehen, doch sie hatte das Gefühl, dass es ihr gut gehen würde. Es war ein Schock gewesen zu erkennen, wie wenig es sie störte, Jonathan nicht zu heiraten.

Sie war sich nicht sicher, ob sie Jonathan überhaupt geliebt hatte. Es war bequem gewesen – war das das richtige Wort? Und das hörte sich schrecklich an. Doch die Wahrheit tat manchmal weh, und sie hatte Angst, dass sie sich nur eingeredet hatte, dass sie in ihn verliebt gewesen war, weil er bereit gewesen war, sie zu heiraten, obwohl sie beschädigte Ware war. Sie hasste dieses Wort, doch warum um den heißen Brei herumreden? Sie konnte keine Kinder bekommen. Das ließ sich nicht ändern. *Beschädigt* schien eine angemessene Wortwahl zu sein. Sie musste sich der Realität stellen und ihr Leben weiterleben.

„Susan, ich finde, dass alles wunderbar zusammenpasst", sagte Lacy, die neben dem Spiegel stand. „Amanda und Ashby, was denkt ihr?"

„Du bist wunderschön, Susan", sagte Amanda. „Und ich liebe es, wie du ihr Haar gemacht hast, Lacy."

Ashby glättete Susans Schleppe. „Ich finde es perfekt. Das Kleid ist einfach für dich bestimmt."

Susan betrachtete ihr schlankes, elegantes Spiegelbild. „Ich liebe es. Ich bin so aufgeregt, dass ich nicht weiß, was ich tun soll." Sie begegnete Amandas Blick im Spiegel. „Ich kann dir nicht genug dafür danken, dass du hierhergekommen bist und Wyatt geholfen hast. Ohne dich wäre er unglücklich, und ich würde jetzt noch nicht hier stehen."

„Er macht das ganz großartig. Seinem Arm geht's wieder gut. Ich habe ihm gestern gesagt, dass er anfangen kann, ihn normal zu benutzen. Er hat versucht, es zu überspielen, aber er war wirklich glücklich darüber."

Sie hatte sich heimlich über die Macho-Art, wie er die Neuigkeit aufnahm, amüsiert. Er wollte eindeutig auf und ab springen und Saltos machen, doch stattdessen hatte er genickt und nur seinen Arm bewegt. Natürlich hatte er ihr gedankt – vorsichtig. Sie schlichen beide auf Eierschalen umeinander herum. Zumindest hatte er ihren Hinweis verstanden und stellte ihr im Moment keine persönlichen Fragen, und dafür war sie dankbar.

„Also, was wirst du tun, wenn dieser Job vorbei ist?", fragte Susan.

„Sie wird in Mule Hollow bleiben", mischte sich Lacy ein.

Ashby lächelte. „Hierher zu ziehen ist nie falsch. Ich liebe diesen Ort."

„Ich habe darüber nachgedacht. Das habe ich wirklich." Das sorgte bei beiden für ein breites Lächeln. „Vom ersten Moment, als ich in die Stadt gefahren bin und Adelas Apartments gesehen habe. Ich habe darüber nachgedacht. Aber ich kann nicht."

„Warum nicht?" Lacy kam auf sie zu. „Dir gefällt

es hier, oder?"

„Ja, das tut es", antwortete Susan für sie. „Ich kann das sehen. Und Wyatt wäre glücklich, wenn du bleiben würdest."

„Wyatt wird wieder nach Dallas gehen. Und zwischen uns ist nichts, dass es ihn so oder so kümmern würde, ob ich bleibe oder nicht. Außerdem macht mein Job es unmöglich, hierher zu ziehen." Das war vielleicht nicht wahr, und sie wusste es.

Susan und Lacy sahen sich an und schüttelten den Kopf, als würde sie das große Ganze ganz außer Acht lassen. Sie tat es nicht – die anderen hatten einfach nicht alle Fakten.

„Wyatt wird hin und her fahren." Susan griff nach dem Häkchen am Halsausschnitt des Kleides. Amanda wollte ihr helfen. „Danke", sagte sie und sprach dann weiter. „Wir hoffen, dass er eines Tages beschließt, für immer nach Hause zu kommen und auf der Ranch zu helfen. Wenn du bis dahin in der Stadt bleiben würdest, würde ihm das einen Grund mehr geben, nach Hause zu kommen."

Amanda lachte nervös. „Leute, ich bin seine Physiotherapeutin. Nicht seine Freundin. Und wie gesagt, mein Job könnte einen Umzug hierher unmöglich machen."

„Du könntest seine Freundin sein. Und nichts ist unmöglich", sagte Lacy und gab nicht auf.

„Lacy, ich kann *nicht* seine Freundin sein. Außerdem würde ich nie in seinen Lebensstil in Dallas passen. Ich bin kein Abendgarderobe-Typ, und er ist ganz klar ein Smokingträger. Ich bin auch –"

„Das ist ein Kinderspiel", sagte Lacy und verdrehte ihre blauen Augen. „Du kannst dich überall anpassen."

„Das stimmt", fügte Susan hinzu und ging in Richtung Umkleidekabine. Ashby folgte ihr und hielt ihr die Tür auf. Susan hielt inne. „Wie kommst du überhaupt darauf, dass du nicht reinpassen würdest?"

„Ich will mich nicht anpassen. Ich bin ein einfaches Mädchen. Ich mag Jeans und Laufschuhe. Ich mag es nicht, mich zu verkleiden und Smalltalk zu machen."

„Heißt das, du kommst nicht zu meiner Hochzeit?"

„Natürlich komme ich. Ich würde sie um nichts in der Welt verpassen."

„Ich hatte gehofft, dass du das sagen würdest. Bin gleich wieder draußen, dann können wir alle zum Mittagessen gehen."

„Geht's dir gut?", fragte Lacy, als sie allein waren.

„Sicher. Warum?"

Lacy musterte sie. „Weil du traurig aussiehst."

„Mir geht nur was im Kopf rum, aber mir geht's gut."

„Bist du sicher? Ich bin ein guter Zuhörer." Ihre Augen funkelten vor Mitgefühl.

Amanda schüttelte den Kopf; sie konnte einfach

nicht darüber reden. „Mir geht's gut. Wirklich."

„Ich glaube dir nicht, aber ich werde dich nicht drängen. Wenn du reden willst, ich bin hier. Oh, und versuch' bloß nicht, am kommenden Freitagabend eine Ausrede zu finden, nicht zu Susans Party in meinem Haus zu kommen. Ich werde dich in mein Auto packen und dich tretend und schreiend dorthin schleppen, wenn es sein muss."

Amanda lachte. „Ich würde gerne in deinem Cabrio mitfahren." Lacy war die Besitzerin des alten Cadillac-Cabriolets. Es passte zu ihr, da beide nach Spaß aussahen.

Lacy grinste. „Dann machen wir das. Ich liebe mein Auto. Es ist anders und macht mich glücklich."

„Es passt zu dir", sagte Amanda. „Du bist einzigartig. Ich liebe das an dir."

„Oh, danke! Wenn mein Baby geboren wird, möchte ich, dass es weiß, dass Gott Menschen liebt, die keine Angst davor haben, so zu sein, wie er sie geschaffen hat. Ich liebe es, dass ich in meinem Job jeden Tag vor Menschen Zeugnis ablegen kann. Und die Leute hoffentlich zum Lächeln bringen – auch wenn es nur daran liegt, dass ich zu viel rede."

„In dir steckt viel mehr als das! Ich mag, dass du weißt, wer du bist und was du hier tust."

Amanda wusste, dass Lacys ganzes Leben Zeugnis für ihren Glauben war, also war das keine

Überraschung. Es gab Amanda noch mehr das Gefühl, zu versagen, als sie es ohnehin schon empfunden hatte. Sie hatte ihren Kindern den Rücken gekehrt, und hatte sie jetzt, seit sie mit Wyatt arbeitete, irgendetwas getan, das man möglicherweise als Zeugnis ihres Glaubens bezeichnen könnte?

„Klopf mir nicht dauernd auf den Rücken", sagte Lacy und wedelte mit ihren rosafarbenen Fingernägeln. „Glaub mir, ich bin selbst für *Ihn* keine leichte Aufgabe. Das ist das Tolle an Mule Hollow. Ich liebe einfach all die Freunde, die ich gefunden habe, seit ich hier bin. Wir halten uns gegenseitig in der Spur, helfen einander und beten füreinander. Wir halten uns gegenseitig den Rücken frei. Und du, Amanda? Tut das jemand für dich?"

Amanda zögerte, und Lacy zwinkerte ihr zu. „Du solltest wirklich darüber nachdenken, zu bleiben. Es ist mein Ernst. Logistisch gesehen könnte es deine Arbeit erschweren – aber was das angeht könnte man sich wahrscheinlich was einfallen lassen. Glaub mir aber, wenn du darüber betest und das Gefühl hast, dass du mit uns abhängen sollst, dann solltest du bleiben."

Amanda seufzte. Es war verlockend. Das war es wirklich.

„Und nur damit du es weißt, du hast eine Gnadenfrist für die Kuppel-Bemühungen von Norma, Esther und Adela bekommen. Sie waren so abgelenkt von dem Versuch, einen Pastor zu finden, der am Sonntag kommt, dass sie nicht die Zeit hatten, die sie normalerweise investieren würden, um zu versuchen, was zwischen dir und Wyatt in Gang zu bringen.“

„Sie wissen, dass ich wieder weggehe, es würde also nicht funktionieren.”

Lacy lachte. „Oh, weißt du nicht, dass die drei das nicht interessiert? Sie wissen, dass du Single bist und er auch. Und sie sehen all diese Funken, die vom ersten Tag an zwischen euch geflogen sind. Für sie ist das wie ein rotes Tuch für einen Stier.”

Amanda tat es leid, dass sie Schwierigkeiten hatten, einen Pastor zu finden, doch sie war froh, dass sie etwas hatten, das sie ablenkte. Das Letzte, was sie jetzt brauchte, war ein Haufen gelangweilter alter Frauen, die sie zu verkuppeln versuchten.

* * *

Wyatt hatte einen großen Fehler gemacht. Er hatte Amanda zu sehr gedrängt, und jetzt hatte sie sich von ihm zurückgezogen. Sie machte ihren Job, doch wenn er auch nur so aussah, als würde er mit ihr persönlich werden, machte sie dicht. Er hatte um Anleitung gebetet und gehofft, dass sie vielleicht mit Lacy oder Susan sprechen würde. Er wusste nur, dass sie mit jemandem reden musste.

„Hattest du gestern eine gute Zeit mit Susan und Lacy?", fragte Wyatt, als sie am nächsten Morgen kam.

„Ja, hatte ich. Es war ein schöner Ausflug."

Sie wirkte entspannter als in den letzten paar Tagen, und das freute ihn. Er konnte nicht aufhören, an sie zu denken. Konnte nicht aufhören, ihr einen Grund zum Lächeln geben zu wollen. Er hatte in letzter Zeit gebetet – etwas, das er eine Weile hatte schleifen lassen –, dass Gott ihr bei dem Kampf helfen würde, der in ihr tobte. Er wünschte, sie würde sich sicher fühlen, um sich ihm anzuvertrauen. Er hatte angefangen, Gefühle für Amanda zu entwickeln, und er konnte nicht einmal genau sagen, wann es passiert war. Es war einfach passiert.

Seine Unsicherheit Amanda gegenüber war eine neue Erfahrung für ihn. Ganz anders als das mangelnde Vertrauen, das er in Bezug auf seine Genesung empfunden hatte, als sie angekommen war. Für einen Mann, der nur ein paar Monate zuvor alles Vertrauen in die Welt gehabt hatte, war seine Welt an allen Ecken und Enden erschüttert worden.

„Susan und Cole werden glücklich werden."

Davon war er überzeugt.

„Du hast gute Kuppelarbeit geleistet, Wyatt."

Er freute sich über ihren neckenden Ton und das Funkeln in ihren sanften Augen. Es schien ein guter Tag zu werden. „Ich habe nur das Offensichtliche gesehen und entsprechend gehandelt."

Sie neigte ihren Kopf zur Seite. „Und was war das Offensichtliche?"

„Es lag einfach Elektrizität in der Luft, wenn sie sich angesehen haben. Und dann, später beim Empfang, schien Susan etwas in Cole zum Leben erweckt zu haben, das ich seit dem Tod seiner Verlobten nicht mehr gesehen hatte."

„Das wusste ich nicht." Amandas Herz schmerzte für Cole.

„Er hat eine schwere Zeit durchgemacht. Doch er hat sein Leben weitergelebt. Manchmal war er sogar sein fröhliches altes Ich, doch es hat seine Zeit gedauert. Als er Susan sah, hatte ich einfach das Bauchgefühl, dass etwas daraus werden könnte."

„Das finde ich schön. Susan war gestern so glücklich. Sie hat wunderschön ausgesehen in ihrem Kleid. Womit wir bei deiner Therapie wären. Ich möchte, dass wir heute nach draußen gehen. Wir müssen verschiedene Oberflächen ausprobieren, um dein Gleichgewicht zu trainieren. Bist du dazu bereit?"

Das Telefon klingelte, und er wollte danach greifen, hielt aber inne. Das war wichtig. Und er wollte sein Gespräch mit Amanda fortsetzen. Nichts, was im Büro passierte, war dringend. Er wusste auch von der winzigen Bewegung von Amandas Kiefer und dem Zucken ihrer Lippen, dass sie sich bemühte, mit ihm und seiner Arbeit Geduld zu haben.

„Ich bin bereit", sagte er, stand langsam auf und spürte die Spannung in seiner Hüfte. Es wurde besser, und Gehen schien ihm zu helfen. „Ist jetzt ein guter Zeitpunkt für dich?"

Amanda versuchte nicht, ihre Freude darüber zu verbergen, dass er die Therapie der Arbeit vorzog. Nur, dass sie sich geirrt hatte, es war die Therapie mit *ihr*, die er gerade dem Anruf vorgezogen hatte.

Wyatt hatte ein gutes Herz. Ein selbstloses Herz, das war offensichtlich, und das gefiel ihr. Amanda und Wyatt gingen den Schotterweg entlang, zu beiden Seiten weidete Vieh. Sie war erstaunt über seine Wahrnehmung und Intuition, in das Leben seiner Brüder einzugreifen, um ihnen zu helfen, die Liebe ihres Lebens zu finden. Eines Tages würde er die Liebe seines Lebens finden, und die Glückliche würde ein Juwel bekommen. Doch heute ging sie mit ihm auf der Weide spazieren.

Wenn sie nach Mule Hollow zöge, würde er öfter nach Hause kommen? Würde er nach Hause kommen, um sie zu sehen? Lacy und Susan hatten sie zum Nachdenken gebracht.

Sie schob den Gedanken beiseite und blickte ihm nach. Sein Gang wurde besser, doch er hatte noch einen weiten Weg vor sich. Das Rucken in seiner Hüftbewegung blieb sehr ausgeprägt. Sie hatte gehofft, ihn für die Hochzeit in besserer Form zu haben, weil sie wusste, dass er so normal wie möglich den Gang hinuntergehen wollte.

„Deine Hartnäckigkeit zahlt sich aus.”

„Dank dir. Ich hatte Glück, dich an meiner Seite zu haben.”

Amandas Herz setzte ein paar Schläge aus, als sie seinem ersten Blick begegnete. Es wäre so einfach, sich jetzt von ihren Gefühlen leiten zu lassen. Doch die Gefühle täuschten. Das hatte sie von Jonathan gelernt.

„Du hättest es mit jedem Therapeuten großartig gemacht.”

Seine Brauen senkten sich. „Das glaube ich nicht. Du hast mir mehr über Mut und wahre Stärke beigebracht als jeder andere, allein aufgrund dessen, was du durchgemacht hast und wie du damit umgegangen bist.”

Andere, die sie gesehen hatte, hatten viel mehr durchgemacht als sie. „Es gibt Kinder da draußen, die viel mehr durchgemacht haben als ich. Kinder, die nicht das Geld haben, um die beste Prothese zu kaufen oder auch nur um die Therapie fortzusetzen, die es ihnen ermöglicht, ohne Hinken zu gehen. Doch sie arbeiten weiter daran, auch nachdem ich gehen musste. Das sind diejenigen, die wirklich viel durchgemacht haben.”

„Siehst du, das ist es, was ich an dir liebe", sagte Wyatt. „Du lässt nicht zu, dass sich jemand schlecht um deinetwillen fühlt. Du bist entschlossen, den Kopf hochzuhalten und positiv zu sein. Und an andere zu denken."

Das ist, was ich an dir liebe. Amandas Herz blieb bei diesen Worten stehen. Oh, sie wusste, dass er sie nicht in diesem Sinne liebte. Sie wusste, dass es nur eine Phrase war. Aber dennoch …

Sie strich sich die Haare hinters Ohr und konzentrierte sich auf den Weg. Auf dieser Strecke gab es holprige Stellen, und während sie seinen Gang beobachtete, konnte sie leicht vergessen, an ihren eigenen zu denken.

„Du traust mir zu viel zu."

„Und du dir zu wenig."

Sie lächelte darüber. „Du hast auf alles eine Antwort."

Seine Lippen verzogen sich langsam zu einem Lächeln. „Ich bin wie ich bin."

„Das ist die Untertreibung des Jahrzehnts."

„Du gehst Fragen genauso aus dem Weg wie ich darauf beharre."

Amanda blieb stehen, und er tat es auch. Eine Schwalbe flog vorbei und wurde von einer anderen gejagt. Sie schossen in die Höhe und tauchten herab – ähnlich wie das Gespräch. Wyatt würde sie nicht davonkommen lassen. Er würde nicht vergessen, dass sie ihm nicht alles erzählt hatte. Und vielleicht wollte sie das wirklich nicht.

„Mir ist klar geworden, dass ich Jonathan nicht geliebt habe", sagte sie unvermittelt.

„Wirklich." Seine Überraschung war nicht zu verbergen, doch zu seiner Ehre blieb sein Gesichtsausdruck neutral.

„Wir sollten langsam zurückgehen, bevor du es übertreibst und dein Rücken anfängt, sich zu verkrampfen."

Sie gingen langsam den Weg zurück, den sie gekommen waren. Sein Gang war langsam, aber stetig. Sie warf ihm einen Seitenblick zu, wissend, dass sie so verlegen aussehen musste, wie sie sich fühlte.

„Ich glaube, ich habe mich von anderen Emotionen überzeugen lassen, dass ich in ihn verliebt gewesen war. Es hatte so lange gedauert, bis ich mich entschieden hatte, zu daten – ich hatte mir so ziemlich eingeredet, dass kein Mann mich jemals wollen würde. Und siehe da, bei meinem ersten Versuch hatte ich einen gefunden. Es ist peinlich."

Wyatts Hand auf ihrem Arm hielt sie auf. „Amanda, warum denkst du, dass jemand dich nicht wollen würde? Du bist eine besondere Frau."

Seine Augen glitzerten. Amanda stockte der Atem, so erschrocken war sie. Sie hatte nicht sagen wollen, was sie gesagt hatte. Der Grund war, dass sie unfruchtbar war – das konnte er nicht wissen. Wie dumm von ihr. Sie war unvorsichtig gewesen.

„Mir gefällt nicht, was du da sagst. Amanda, jeder Mann wäre gesegnet, wenn du dich in ihn verlieben würdest."

Was ist mit dir? Sie betrat gefährliches Terrain – dummes Terrain. Als sie ihm in diesem Moment in die Augen sah, war es ihr egal.

Als Wyatt sich vorbeugte und sie küsste, blieb Amandas Herz stehen.

Wyatt zog sie an sich. Er ließ seinen Stock fallen, legte beide Arme um sie und stellte ihre Welt mit seinem Kuss auf den Kopf.

Amanda wusste, dass sie nach diesem Moment niemals mehr dieselbe sein würde.

Sie verliebte sich in Wyatt.

Ich will eigene Kinder. Jonathans Worte trafen sie wie ein Schlag.

„Nicht." Ihre Stimme klang nicht wie sie selbst, als sie Wyatt wegstieß. „Das ist keine gute Idee."

Wyatt ließ sie los, und zu ihrer Überraschung sah er so benommen aus, wie sie sich fühlte.

„Du hast vielleicht recht. Das hätte ich nicht tun sollen."

Sie hob seinen Stock auf und versuchte, sich von seiner Zustimmung nicht bis ins Mark erschüttern zu lassen. Doch sie tat es. Sie richtete sich auf und reichte ihm den Stock.

„Wir sollten zurück. Deine Hüfte wird nach diesem langen Spaziergang Aufmerksamkeit brauchen."

„Amanda. Es ist nichts Persönliches", sagte er leise.

Sie fühlte sich krank. „Du hast recht, Wyatt. Das ist Geschäft. Und nur Geschäft. Wir hätten niemals die Grenze überschreiten sollen. Komm, lass uns zurückgehen. Du hast in ein paar Stunden einen Junggesellenabschied, zu dem du gehen musst, und deine Hüfte braucht vorher ein bisschen Ruhe."

Er sagte nichts, als sie zum Postkutschenhaus zurückgingen. Amanda hatte das ungute Gefühl, dass sie gleich nach Hause hätte fahren sollen, nachdem er sie am ersten Tag gefeuert hatte.

Es hätte ihr viel Leid erspart.

KAPITEL SECHZEHN

„Was läuft zwischen dir und Amanda?” Cole rückte seine Krawatte zurecht und wandte sich Wyatt zu. „Ist die gerade?”

Cole, Seth, Wyatt und ihr Cousin Chance warteten in einem Nebenraum der Kirche, bevor die Hochzeit begann. Dieselbe Frage war Wyatt in der Nacht zuvor auf dem Junggesellenabschied mehrmals gestellt worden. Sogar Chance hatte ihn eine halbe Stunde nach seiner Ankunft gestern gefragt, was los sei. Für einen Mann, von dem bekannt war, dass er sein Pokerface von seinem Ur-Ur-Ur-Ur-Großvater Oakley – dem besten Pokerspieler in sieben Countys – geerbt hatte, hielt sich Wyatt nicht so gut. So sehr er es auch versuchte, er konnte die Tatsache nicht verbergen, dass er einen großen Fehler gemacht hatte. Die Schuldgefühle mussten ihm ins Gesicht geschrieben gewesen sein, denn es war offensichtlich, dass er niemandem etwas vormachen konnte.

„Cole, ich habe dir gestern Abend auf deiner Party gesagt, dass alles in Ordnung ist. Heute ist dein Hochzeitstag. Du solltest an Susan denken, die gleich den Gang zum Altar runterkommen wird, nicht an deinen großen Bruder. Ich fühle mich geschmeichelt, aber komm schon, Bruder, gönn' einem Mann eine Pause. Susan wäre nicht allzu glücklich, wenn sie das wüsste."

„Er hat recht", sagte Seth und klopfte ihm auf den Rücken. „Kleiner Bruder, heute ist ein großartiger Tag. Denk' an nichts anderes als an dich und sie. Ich bringe unseren großen Bruder in Ordnung, während du in den Flitterwochen bist."

Cole kicherte. „Danke. Es ist der großartigste Tag, aber ohne dich, Wyatt, würde er nicht passieren, also ist es nur passend, dass ich auch an dich denke."

Coles Grinsen war so breit, wie Wyatt es noch nie gesehen hatte.

„Ich bin nur einem Bauchgefühl gefolgt. Den Rest hast du gemacht."

Seth streifte seinen schwarzen Hut vom Kopf und richtete seine Augen auf Chance. „Vielleicht sollte Wyatt auch für dich auf sein Bauchgefühl hören. Du wirst schließlich nicht jünger, weißt du?", feixte Seth.

Dunkelhaarig wie der Rest seiner Brüder hatte Chance den Turner-Look mit schmalem Kinn und schiefem Grinsen, nur dass seine Augen nicht blau, sondern so grün wie Klee waren.

Er schüttelte nur den Kopf. „Ich habe noch keine Frau gefunden, die bereit war, meinen Terminplan zu akzeptieren, und ich habe nicht vor, mit der Arbeit aufzuhören." Sie alle wussten, dass seine Arbeit ihm wichtig war. Chance nahm sie sehr ernst. „Ich liebe es, für diese Cowboys zu predigen, bevor sie reiten. Ich habe Cowboys aus allen Gesellschaftsschichten, die zu meinen Gottesdiensten kommen. Bis der Herr mir etwas anderes sagt, werde ich jeden Sonntag in der Arena sein, bevor meine Cowboys reiten."

Er richtete seine ernsten grünen Augen auf Wyatt. „Und du? Wann willst du dich niederlassen? Ich bin bereit, für den Rest meines Lebens Junggeselle zu sein, wenn es so sein soll."

Wyatt respektierte Chance und seinen ungewöhnlichen Glauben. Sein Cousin war der wildeste von allen gewesen, doch er hatte sich verändert und war Rodeopastor geworden. Sein ganzes Leben war dem Dienst für den Herrn gewidmet. Er tat das unter den Männern, mit denen er Rodeos ritt und die jahrelang seine Freunde gewesen waren.

Was Wyatt anging, hatte er bis vor kurzem nicht wirklich über seinen Junggesellenstatus nachgedacht. Er war so darauf konzentriert gewesen, seine Brüder zu verheiraten, damit der Name Turner nicht ausstarb. Und das nur, weil er sich für sie verantwortlich fühlte. Er hatte gewusst, dass seine Eltern wollten, dass sie glücklich waren, und er war entschlossen gewesen, dafür zu sorgen, dass sie glücklich wurden.

Vor dem Flugzeugabsturz war er mit seinem Leben zehnfach zufrieden gewesen. Jetzt war er sich über nichts mehr sicher, außer dass er Amanda verletzt hatte. Gestern hatte er sich nicht davon abhalten können, sie zu küssen. Sie hatte diese Bemerkung gemacht, dass sie nicht glaubte, dass ein Mann sie wollen würde – wie konnte sie das denken? Es musste von der Trennung herrühren … und ihrem fehlenden Bein? Vielleicht. Die Idee verblüffte ihn. Wie hatte Jonathan so grausam sein können? Wie hatte er so grausam sein können? Er hatte sie geküsst, bevor er sich Gedanken gemacht hatte. Er war nicht bereit, sich niederzulassen und eine Familie zu gründen. Sein Leben war in Dallas, und Amandas Leben war dort, wo der nächste Auftrag sie hinführte. Selbst wenn er bereit wäre, sich niederzulassen, würde die Logistik nicht funktionieren. Er mochte sie wirklich und wollte das Beste für sie. Sie hatte das Beste verdient. Nicht noch einen Mann, der mit ihrem Herzen spielte.

Das Beste für sie war, dass er nicht darüber nachdachte, wie sie sich in seinen Armen angefühlt hatte. Oder die Berührung ihrer Lippen … Wyatt hielt genau dort inne und verdrängte den Gedanken an den

Kuss aus seinem Kopf. Das war Coles Hochzeit. Er musste sich auf Cole und Susan konzentrieren.

Er wollte nicht, dass seine Brüder und sein Cousin ihn fragten, was in seinem Kopf vorging, weil er zu abgelenkt war, um der Unterhaltung zu folgen, während er an Amanda gedacht hatte.

„Okay, es ist Zeit, meine Damen", trällerte Norma Sue, als sie das Zimmer betrat. Sie und Esther Mae waren die Hochzeitsplaner und nahmen ihre Rolle ernst. Amanda war früh gekommen, da sie Wyatt zur Kirche gefahren hatte, und Melody und Susan hatten sie und Lacy mit in das Zimmer gezogen, in dem sich die Braut anziehen sollte. Melody war die Trauzeugin und Lacy die Brautjungfer. Amanda wurde zum Helfen eingespannt, und es fiel ihr schwer. Seit dem Kuss konnte sie sich nicht mehr konzentrieren.

„Das ist es auf jeden Fall", sagte Esther Mae und drängte sich hinter Norma Sue herein. Sie trug ein purpurrotes Kleid, gekrönt von einem purpur-weißen Hut mit künstlichen Winden, die sich um die Krempe schlangen. „Ihr solltet die Männer sehen. Ich sage euch, als sie in ihren schwarzen Westernanzügen und ihren schwarzen Stetsons in die Kirche gekommen sind, dachte ich, ich würde gleich ohnmächtig werden."

Norma Sue hatte ihre Latzhose gegen ein rosa

gestreiftes Kleid ohne Hut eingetauscht. Sie senkte ihr Kinn und sah ihre Freundin von unten an. „Das wäre in mehr als einer Hinsicht eine Katastrophe gewesen. Wir hätten dich einfach aus dem Weg räumen und mit der Hochzeit weitermachen müssen. Nach dem Flugzeugabsturz lassen wir der Hochzeit der beiden nichts mehr im Wege stehen."

„Norma Sue", sagte Susan. „Wir hätten Esther Mae nicht aus dem Weg geräumt."

„Nun, Susan", sagte Lacy und strich ihr blassblaues Kleid glatt. „Das hätten wir tun müssen, denn sonst hätten wir die Tür nicht öffnen können, um dich in die Kirche zu bringen."

Esther Mae räusperte sich. „Ich bin nicht ohnmächtig geworden, also sei still, Norma Sue, und lass uns diese Mädels aufstellen und fertig machen, damit Adela anfangen kann, den Hochzeitsmarsch zu spielen."

„Amanda, hast du die Schleppe?" Norma Sue öffnete die Tür.

„Ja, Ma'am. Die habe ich." Amanda hob vorsichtig die kurze Schleppe auf und lächelte Susan zu, die plötzlich nervös aussah.

„Ich bin so aufgeregt, dass ich kaum atmen kann." Sie legte eine Hand an ihre Brust und holte tief Luft, während sie Amandas Blick mit strahlenden Augen begegnete.

„Oh, das ist gut so!", rief Esther Mae und winkte sie zur Tür, als würde sie den Verkehr regeln. „Nur nicht ohnmächtig werden, sonst schickt Norma Sue vielleicht jemanden an deiner Stelle den Gang runter …" Sie hörte auf zu winken und grinste Amanda an. „Wir könnten immer Amanda reinschicken, um Wyatt zu heiraten, und wenn du aufwachst, könnten wir mit deiner Zeremonie weitermachen."

Alle Aufmerksamkeit war plötzlich auf Amanda gerichtet. Lacy johlte hinter ihrem Blumenstrauß, während alle anderen lachten.

Norma Sue zog eine Augenbraue hoch. „Das könnten wir auch machen, wenn Susan nicht umkippt."

„Ihr seid alle verrückt." Amanda lachte – es war das Einzige, was zu tun war. Sie hörten nie auf. Sie fragte sich, ob Wyatt von den Männern genauso belästigt wurde. Wie peinlich das wäre. „Susan ist heute die einzige Braut in der Stadt, also lasst sie uns in die Kirche bringen, bevor der *Bräutigam* ohnmächtig wird."

Oder bevor die Hüfte und der Rücken des armen Wyatt Probleme machten, weil er so lange stehen musste. Er hatte große Fortschritte gemacht, doch langes Stehen war nicht gut für ihn.

Als schließlich alle das Nebengebäude verließen und den kurzen Weg zur Kirche gingen, spürte Amanda eine Welle der Vorfreude, die sie durchströmte und sich in ihrer Magengrube festsetzte. Wyatt hatte in seinem

Anzug fantastisch ausgesehen. Als sie die Treppe zur Kirche hinaufgingen, wurden Amandas Knie weich, als sie an ihn dachte. Würde sie jemals eine Hochzeit haben?

„Amanda", sagte Esther Mae, „du drapierst die Schleppe, und dann kommst du und stellst dich mit mir und Norma Sue an die Tür, während sie das Ehegelübde ablegen."

Lacy sah sie über die Schulter an und zwinkerte ihr zu. „Ja, wenn Susan und Cole beide umkippen werden, können sie dich gleich reinschicken, um zu übernehmen."

Amanda lachte wieder. Doch im nächsten Moment klopfte Norma Sue an die Tür, und Applegate steckte seinen Kopf heraus und runzelte die Stirn.

„War aber auch Zeit", knurrte er. Seine Stimme polterte über die sanfte Musik, die Adela spielte, und die gesamte Kirchengemeinde drehte sich zu ihnen um. „Wir haben schon befürchtet, wir haben eine Braut, die sich nicht traut."

Gelächter brandete durch den Raum.

„Wohl kaum", antwortete Norma Sue. „Ich würde dich bitten, das Signal zu geben, damit wir diese beiden Turteltauben endlich verheiraten können, aber du hast auch so schon die ganze Kirche aufgeschreckt. Mach Platz, wir kommen rein."

Adela spielte den Hochzeitsmarsch, und Norma

Sue stieß Lacy praktisch über die Schwelle.

Doch hinter der Braut hatte Amanda in dem Moment, als Applegate die Türen aufgestoßen hatte, nur Augen für eine Person. Wyatt, breitschultrig und ein paar Zentimeter größer als die anderen, sein Blick galt ihr. Und Amanda konnte einfach nicht wegschauen.

Norma Sue tätschelte Amandas Hand und erinnerte sie daran, die Schleppe loszulassen, als sie sich vorbeugte. „Oh-oh. Dieser Mann kann seine Augen nicht von dir lassen."

„Ich finde es romantisch", flüsterte Esther Mae in ihr anderes Ohr, als die drei an der Tür stehenblieben, um über alle Köpfe hinweg sehen zu können.

Amanda blickte von einem strahlenden Grinsen zum anderen, als Adela den Hochzeitsmarsch beendete und alle Platz nahmen. Sie spürte, wie sich die Gruppe plötzlich um sie schloss, als Esther Mae sie anstieß und Norma Sue sich wieder vorbeugte.

„Das da drüben ist ein guter Mann."

Amanda hätte Wyatt in diesem Moment küssen können, weil er sie nicht ansah. Seine Aufmerksamkeit war auf Cole und Susan gerichtet, als sie sich an den Händen fassten – so wie es sein sollte.

Wenn er sie noch einmal angesehen hätte, hätte sie keine Chance gehabt, die Kupplerinnen aufzuhalten, die sie offensichtlich ins Visier genommen hatten.

Zum Glück war seine Aufmerksamkeit genau dort,

wo sie sein sollte. Es war ihre Aufmerksamkeit, die überall war, nur nicht dort, wo sie hingehörte.

Wyatt wusste es. Er lauschte den Ehegelübden, die Chance Susan und Cole vorsagte, und sein Blick wanderte immer wieder auf Amanda. Sie stand zwischen Norma Sue und Esther Mae, und er bemerkte, dass sie ihn genauso oft ansah.

„Dich zu lieben und zu ehren, von heute bis in alle Ewigkeit."

Als Chance die Worte sprach, wusste Wyatt, dass Amanda die Frau war, die er heiraten wollte. Woher er das wusste – obwohl er zuvor nicht einmal begriffen hatte, dass er sie liebte – war ihm ein Rätsel. Doch genauso wie er, als er Melody und Susan kennengelernt hatte, gewusst hatte, dass sie die perfekten Frauen für seine Brüder waren, wusste er von ganzem Herzen, dass Amanda Hathaway die Frau für ihn war.

Er hatte nie den Beschützerinstinkt empfunden, den er für sie entwickelt hatte. Sie wirkte gerade ein bisschen verloren, und obwohl er zutiefst skeptisch gewesen war, als er ihr das erste Mal begegnet war, hatte sie ihm geholfen. Sie hatte ihre eigenen Probleme hintangestellt und ihn aus den dunklen Gefühlen herausgeholt, in denen er gefangen gewesen war. Er hatte seit dem Morgen, an dem er sie laufen gesehen hatte, nicht mehr an sein eigenes Problem gedacht. Am Morgen danach hatte sie sich vor ihn hingestellt und ihn darauf hingewiesen, welche Segnungen ihm zuteilgeworden waren. Sie hatte all das gesagt und kein Wort über ihr Bein oder die Dinge, die sie durchmachen musste, verloren. Sie hatte ihm gesagt, was er hören musste, und sie hatte es ohne jegliches Selbstmitleid getan. Das hatte er geliebt und bewundert.

Er liebte, wofür sie stand. Er liebte es, wie sie sich ihm gegenüber behauptete. Doch am meisten liebte er ihren Esprit. Sie hatte sich entschieden, anzunehmen, was Gott für sie geplant hatte, und ihrem Leben einen Sinn zu geben.

Und jetzt, obwohl er wusste, dass etwas an ihr nagte, liebte er es, wie sie dagegen ankämpfte … und er wusste, dass sie es tat. Sie hätte sich ihm oder jemand anderem anvertraut, wenn dem nicht so wäre.

Sie war allein, und er wollte, dass sie wusste, dass er für sie da war … wollte, dass sie wusste, dass sie sich auf ihn stützen konnte.

Für den Rest ihres Lebens.

Ans Heiraten hatte er bisher noch keinen Gedanken verschwendet, doch hier und jetzt wusste er, dass er Amanda heiraten würde.

Die Hochzeit war wunderschön. Chance führte durch

eine sehr traditionelle Zeremonie, wie Amanda sie mochte und wie sie sie sich für ihre eigene Hochzeit gewünscht hatte.

Wyatt war in bester Stimmung, als sie zur Feier fuhren. Er schien gelassener und entspannter als je zuvor, und sie schrieb es der Tatsache zu, dass er erreicht hatte, was er sich vorgenommen hatte, als er beschlossen hatte, dass es an der Zeit war, seine Brüder zu verheiraten.

Wieder war sie beeindruckt, was für ein Romantiker er war. Heim und Herd bedeuteten ihm alles.

Sie hatte sich während des gesamten Gottesdienstes bemüht, ihn nicht anzustarren, doch sie hatte gespürt, dass er sie beobachtete. Selbst als Esther Mae und Norma Sue neben ihr gestanden waren, hatte er immer wieder ihren Blick am anderen Ende der Kirche gefunden. Und jedes Mal zog sich ihr Herz zusammen, und in ihrem Bauch flatterten die Schmetterlinge. Oh, wie sie sich wünschte …

Sie konnte sich diesen wehmütigen Gedanken nicht zu Ende denken lassen. Ein gemeinsames Leben und Liebe mit Wyatt standen nicht zur Debatte.

„Du hast wirklich etwas Gutes getan", sagte sie, als sie vor dem Gemeindezentrum parkte.

Er überraschte sie, indem er nach ihrer Hand griff. „Geht's dir gut?"

Ihre Haut brannte dort, wo er sie berührte, und sie wollte sich zurückziehen, konnte es aber nicht. „Ja, ich bin okay."

„Das hoffe ich. Die Zeremonie hat keine schlechten oder schmerzhaften Erinnerungen zurückgebracht?" Sein Daumen zeichnete sanfte Kreise auf ihrem Handrücken.

„Nein." Sie konnte kaum sprechen. Alles, woran sie denken konnte, war das Gefühl seiner Hand auf ihrer. Der zärtliche Blick, mit dem er sie ansah, und das überwältigende Verlangen, in seinen Armen zu liegen. Mit Wyatt zusammen zu sein hatte ihr in vielerlei Hinsicht geholfen. „Ich bin wirklich dankbar, dass es für mich nicht so weit gekommen ist. Ich habe ihn nicht geliebt, und das weiß ich jetzt."

Wyatts Augen verdunkelten sich. „Ich bin froh. Du verdienst einen Mann, der dich von ganzem Herzen liebt und dir all die guten Dinge gibt, die du verdienst."

Amandas Herz zog sich zusammen. Er drückte sanft ihre Hand, und in seiner heiseren Stimme war etwas, das sie verwirrte.

„Ich werde niemals heiraten." Das hatte sie nicht sagen wollen.

Leute gingen vorbei, lachten und unterhielten sich, als sie das Gemeindezentrum betraten. Doch keiner von ihnen machte Anstalten, zur Tür zu gehen.

„Warum sagst du das?"

„Weil ich meine Gründe habe, Wyatt."

„Und was sind das für Gründe? Und sag nicht, du kannst es mir nicht sagen, Amanda. Du musst es jemandem sagen, damit du nicht allein damit kämpfen musst. Weißt du nicht, dass ich mir Sorgen um dich mache, und dass ich nach allem, was du für mich getan hast, nie etwas tun würde, um dir zu schaden? Du bist ein Segen in meinem Leben und hast mich verändert. Und Gott auch. Tiefgreifender, als du ahnst. Aber ich glaube, ich wurde auch in dein Leben geschickt, um dir zu helfen. Bitte sprich mit mir. Es ist Zeit!"

„Wir müssen zum Empfang."

Er schüttelte den Kopf. „Wir müssen dem erst auf den Grund gehen."

„Wyatt, warum ist dir das wichtig?"

„Weil es mich interessiert, Amanda – du wärst überrascht, wie sehr."

Amandas Herz begann bei seinen Worten zu klopfen. „Wyatt …", sagte sie, verlor jedoch jeglichen Gedankengang, als er ihre Wange berührte.

„Vertrau mir, Amanda. Ich bin für dich da."

„Ich habe d – keinem Mann etwas zu bieten." Die Worte kamen heraus, bevor sie sie aufhalten konnte.

Wyatts Augen wurden scharf, und er hielt seine Hand still. Sie sah nach unten, ihr Blick fiel auf die Hand, die er immer noch hielt. Sie liebte Wyatt. Sie wusste es, wusste, dass es nicht das war, was sie für Jonathan empfunden hatte. Sie wusste, dass sie diesen zarten Mann liebte und dass sie absolut nichts dagegen tun konnte.

„Das hast du schon gesagt. Wie kommst du darauf? Du hast alles zu bieten."

Sie holte tief Luft, sie war schrecklich aufgewühlt. „Ich habe mehr als mein Bein verloren, als ich angefahren wurde … Seitdem kann ich auch keine Kinder mehr bekommen."

Ihre Worte raubten ihm den Atem. „Was? Warum hast du mir das nicht gesagt?"

„Hey, ihr zwei!", rief Seth von der Tür des Gemeindezentrums aus. „Cole will, dass ihr alle auf dem Bild seid, wenn sie den Kuchen anschneiden, sofort."

Wyatt runzelte die Stirn.

Amanda griff mit zitternden Händen nach der Autotür. „Wir müssen reingehen, damit du mit Cole und Susan auf den Bildern sein kannst", sagte sie und stieß ihre Tür auf. „Deine Familie wartet."

„Ich will darüber reden", knurrte Wyatt und hielt ihren Arm fest.

„Nein, Wyatt. Das ist nicht fair. Cole und Susan haben lange genug auf dich gewartet, und du weißt, dass du das um nichts in der Welt verpassen darfst."

Er seufzte gereizt. „Du hast recht. Aber das ist wichtig, Amanda, und wir werden reden. Darauf kannst du wetten."

Amanda stieg aus dem Auto, schloss die Augen und betete um Hilfe … Es schien jedoch hoffnungslos.

KAPITEL SIEBZEHN

Er war es leid zu lächeln. Wyatt hatte immer wieder in die Kamera gelächelt, damit er nicht verärgert aussah, wenn Cole und Susan sich ihre Hochzeitsfotos ansahen. Sie hatten schon so lange mit ihrer Hochzeit gewartet, bis er wieder laufen konnte, er wollte nicht auch noch dafür verantwortlich sein, dass ihre Hochzeitsbilder ruiniert waren.

Doch das Gespräch mit Amanda ging ihm immer wieder durch den Kopf. Sie konnte keine Kinder bekommen. Sie liebte Kinder. Der Gedanke daran brach ihm das Herz.

Er konnte sich nicht vorstellen, was Amanda alles durchgemacht hatte. Warum hatte sie schon so lange mit Kindern gearbeitet und wollte es jetzt nicht mehr?

Er ging in eine Ecke des Raumes, lehnte sich an die Wand und beobachtete, wie sie mit Adela Kuchen servierte. Der Empfang war ein voller Erfolg. Cole und Susan waren glücklich, und alle hatten eine Menge Spaß. Norma Sue und Esther Mae arbeiteten neben

Amanda und Adela und servierten Kuchen und Punsch. Es schien sogar, dass Amanda sich amüsierte, als sie den geschnittenen Kuchen auf Teller legte. Sie lächelte alle an und lachte sogar, wenn ein Cowboy nach dem anderen einen Kommentar abgab und ohne Zweifel mit ihr flirtete. Es war ihm nicht entgangen, dass sie eine ständig wachsende Armee von Bewunderern hatte. Er fragte sich, ob einer von ihnen hinter ihrem Lächeln den Kummer erkennen konnte, den sie verbarg.

Eine Sache an Amanda war, dass sie in der Lage zu sein schien, ihre eigenen Bedürfnisse auszublenden und sich auf die Bedürfnisse der Menschen um sie herum zu konzentrieren. Als er sie beobachtete, war er sich nicht sicher, ob das gut war oder nicht.

Er wollte durch den Raum stürmen, sie in die Arme nehmen und ihr sagen, dass er sie liebte. Dass es egal war, ob sie Kinder bekommen konnte. War das etwa der Grund, warum Jonathan ihre Verlobung gelöst hatte? Hatte er es gewusst, als er sie gefragt hatte, und dann seine Meinung geändert?

Die Fragen wollten beantwortet werden – und Wyatt würde dafür sorgen, sobald er und Amanda allein waren.

Es war spät, als sie endlich nach Hause fuhren. Die Sonne stand tief am Himmel, und die Straßen zum Postkutschenhaus glänzten. Nach Hause. In den wenigen Wochen, in denen sie hier war, hatte sie begonnen, das Land als ihr Zuhause zu betrachten. Sie wusste, dass es wegen Wyatt war. Sie liebte ihn und konnte sich nicht vorstellen, von hier wegzugehen. Doch genau das würde sie tun.

Sie hatte so viele Freunde gefunden, heute Abend sogar noch mehr. Für eine Stadt, die noch vor wenigen Jahren fast ausgestorben wäre, war Mule Hollow jetzt voller Leben. Sie fühlte sich gut, weil sie heute Abend in einer so positiven Atmosphäre gewesen war, selbst nachdem sie bei Wyatt im Auto praktisch zusammengebrochen war.

Die Arbeit mit Adela war ein Teil davon gewesen. „Es war so schön, heute mit Adela zu arbeiten", sagte sie und brauchte etwas, um die Stille während der Fahrt zu füllen. „Sie ist ein Engel."

Wyatt hatte sie den ganzen Nachmittag im Auge behalten. Sie wusste, dass ihre Unterhaltung unvermeidlich war. Sie hatte erwartet, dass er sie praktisch in dem Moment verhören würde, in dem sich die Türen des Geländewagens hinter ihnen geschlossen hatten. Doch er hatte geschwiegen, in Gedanken versunken. An dem zerstreuten Blick, den sie bemerkt hatte, war deutlich zu erkennen, dass sein Verstand Überstunden machte. Angst breitete sich in ihr aus. Sie hatte ihm schon so lange sagen wollen, dass sie keine Kinder bekommen konnte und jetzt … jetzt hatte sie es ihm gesagt. Was dachte er darüber?

„Es tut mir so leid, Amanda. Sprich mit mir. Erzähl

mir, was passiert ist."

Seine Worte waren ein leises Grollen in der Dunkelheit. Sie erreichten sie und drängten sie, sich zu öffnen.

Amanda holte Luft und hatte das Gefühl, auf Treibsand zu stehen. Es war an der Zeit.

„Es ist mir erst kürzlich bewusst geworden, was ich verloren habe ..."

Wyatt beruhigte sein Herz, als ihre Worte flossen, so abgehackt wie der Weiderost, über den sie den Geländewagen gefahren hatte. Er war froh, dass sie zu Hause waren.

Das war kein Gespräch, das man während der Fahrt führen sollte. Er hatte warten wollen.

Sie hielt vor dem Haus und stellte den Motor ab. Er wartete darauf, dass sie weitersprach.

„Ich habe mein Leben der Hilfe für Kinder gewidmet. Es hat sich angefühlt, als wäre es meine Berufung. Mein Lebenszweck. Im Laufe der Jahre wurde mir klar, dass ich mit vierzehn nicht verstanden hatte, wie sich eine Hysterektomie auf mich auswirken würde." Ihre Worte waren stärker, als er gedacht hatte. „Ich wusste nicht, wie sehr ich mich eines Tages ...", ihre Stimme brach, „... nach einem Baby sehnen würde."

Wyatt konnte nachvollziehen, dass der Verlust ihres Beins mit vierzehn den größten Schlag in ihrem

Leben dargestellt hatte. Ein Kind konnte nicht verstehen, dass es sich eines Tages nach einem Baby sehnen könnte. Ein Kind dachte vielleicht nur daran, sich dem Leben ohne das Bein stellen zu müssen, das es hatte, bevor es angefahren worden war. Eine vierundzwanzigjährige Frau, die um sich herum andere Frauen sah, die Kinder erwarteten, verstand jedoch nur zu gut, was sie verloren hatte … besonders eine, deren Verlobter die Verlobung gelöst hatte.

Er musste fragen. „Hast du schon damit zu kämpfen gehabt, bevor Jonathan die Verlobung gelöst hat?"

Sie nickte. „Ein bisschen. Ich habe darüber nachgedacht, seit ich ungefähr zwanzig war. Aber ich habe mich auf den Segen in meinem Leben konzentriert, und das half mir, damit zurechtzukommen. Doch es wurde von Jahr zu Jahr schwieriger. Und dann, nun ja, habe ich die Wahrheit erkannt."

„Und die wäre?"

Sie biss sich auf die Lippe und verschränkte die Arme, als wollte sie sich schützen. „Ich bin eine Frau mit einem Bein und kann einem Mann keine Kinder schenken. Ich bin nicht gerade der Hauptpreis …" Sie hielt inne, als könnte sie nicht weiterreden.

Sie musste den Satz nicht beenden. Was sie dachte, konnte er in ihrem Gesichtsausdruck sehen.

„Du weißt, dass das nicht wahr ist", sagte er leise und berührte ihre Wange.

„Welcher Mann würde mich unter diesen Bedingungen wollen? Ich bin niemand, der um den heißen Brei herumredet oder Mitleid will. Das sind Fakten. Deswegen habe ich nicht gedatet."

Das war neu für ihn. „Du hast nicht gedatet?"

Sie schüttelte den Kopf. „Ich konnte es nicht ertragen, daran zu denken, dass jemand bestätigt, was ich erkannt hatte."

Dann hatte sie beschlossen, mit Jonathan, dem Idioten, auszugehen. Wyatt rutschte auf seinem Sitz herum, um sie besser ansehen zu können. Amanda musste darüber reden, und vielleicht war es wichtig, dass er offene Fragen stellte.

„Was hat dich dazu gebracht, deine Meinung zu ändern und mit Jonathan auszugehen?"

„Es ist einfach passiert. Er …" Sie seufzte. „Er war nett, und er war hartnäckig. Ich habe es ihm bei unserem zweiten Date gesagt, und es hat ihn nicht gestört."

„Doch am Ende hat es das doch."

Sie sah hinunter auf ihre Hände, die sie fest in ihrem Schoß gefaltet hatte. „Ja, so war es."

Wyatt hätte dem Kerl einen rechten Haken verpasst, wenn er dort gestanden hätte. Wie konnte ein Mann so etwas tun?

„Ohne ihn bist du besser dran."

Sie sah gequält aus, als sie die Augen schloss und den Kopf schüttelte. Wyatts Herz zog sich zusammen.

„Bist du sicher, dass du ihn nicht immer noch liebst?" Sicher nicht. Sie hatte gesagt, dass sie über ihn hinweg war, doch war sie das?

„Nein. Ich liebe ihn nicht. Ich kann nur nachvollziehen …"

„Hör auf, ihn zu verteidigen, Amanda. Der Mann hat eine hübsche, süße Frau gesehen und wollte sie. Wie ich das sehe, hat er sich die ganze Zeit nur für sich selbst interessiert. Er hat dir gesagt, was du damals hören wolltest, weil es ihm in den Kram gepasst hat."

Wut kochte in Wyatt. Er atmete tief ein und zählte bis zehn, während er langsam ausatmete. Er musste Amanda nicht mehr aufregen. Der Ausdruck auf ihrem Gesicht sagte ihm, dass es zu spät war.

„Arbeitest du deshalb nicht mehr mit Kindern?"

Ihre Augen verdunkelten sich vor Traurigkeit, und sie nickte.

„Amanda, du kannst vielleicht selbst keine Kinder haben, aber du hast einem Baby so viel zu bieten. Und all die Kinder, deren Leben du berührt hast. Jeder, der dich kennt, sieht, wie du dein bisheriges Leben auf schöne, selbstlose Weise gelebt hast, indem du anderen geholfen hast. Dein Leben ist ein Zeugnis deines Glaubens. Das ist es für mich. Und es ist nicht abzusehen, wie viele andere – Kinder und Erwachsene gleichermaßen – du so inspiriert hast. Gott hatte einen Plan für dich und hat ihn immer noch. Er will Gutes für dich. Nicht Schlechtes."

Tränen stiegen in ihre wunderschönen aquamarinblauen Augen. „Du hast mein Leben berührt … aber, Wyatt, ich kann das nicht mehr."

Er hat es nicht verstanden. „Warum?"

„Wenn ich jetzt in der Nähe von Kindern bin …" Sie wischte eine Träne weg, und alles, was er tun konnte, war, sie in seine Arme zu ziehen. „Es hat mit Jonathan angefangen. Da hat es mich mit voller Wucht getroffen, wie groß das Loch in mir ist." Sie hielt inne und schloss kurz die Augen. „Ich gehe auf meine Weise damit um – hier."

„Amanda, es gibt Babys, die Eltern brauchen. Du kannst eines adoptieren."

„Es ist nicht so …" Sie stockte, als könnte sie die Worte fast nicht herausbringen. „Es ist hier drin." Sie legte ihre Hand flach auf die Mitte ihrer Brust. „Ich fühle mich so leer. So kaputt – als hätte ich ein Loch in mir, das nicht gefüllt werden kann. Nichts macht es besser. Nicht die Bibel. Kein Gebet. Es ist einfach da. Und ich fühle mich –", sie seufzte, „– wertlos."

„Amanda, nein …"

Sie sprach weiter. „Ich kann jetzt keine Kinder mehr ansehen, ohne innerlich solche Schmerzen zu haben, dass ich mich fühle, als müsste ich mich übergeben. Es ist schrecklich. Das ist etwas, womit ich klarkommen muss." Sie zog ihre Schultern zurück und hob ihr Kinn. „Und das werde ich." Sie griff nach der Tür. „Ich bin müde, Wyatt. Ich denke, ich gehe rein. Kommst du zurecht? Soll ich dir ins Haus helfen?"

Sie wirkte fast wieder wie immer – eindeutig ein Schleier über ihrem Schmerz.

Wyatt schüttelte den Kopf. „Mir geht's gut, Amanda. Du gehst rein und schläfst ein bisschen. Dann wirst du dich besser fühlen."

Sie sah ihn nicht an, als sie aus dem Geländewagen stieg und über den Hof ging. Sie machte ihm Sorgen. Es gab so viel, was er sagen wollte, und so viel, was er nicht sagen konnte. Es fühlte sich seltsam an, in einer Situation zu sein, in der ihm die Worte fehlten. „Ich liebe dich" waren die Worte, die ihm ins Herz und in die Seele schossen … doch war es das, was sie jetzt hören musste? Sie hatte diese Worte einmal gehört, und sie waren zurückgenommen worden. Sie hatten das Gefühl der Unwürdigkeit, das sie empfand, nur verstärkt.

Wertlos! Sie war ein Juwel.

Er musste nur einen Weg finden, es ihr zu zeigen.

Nachdem Amanda um das Haus herum verschwunden war, stieg Wyatt aus dem Geländewagen und schlug die Tür zu. Er zuckte vor Schmerz zusammen, der durch seine Schulter schoss. Er hatte große Fortschritte gemacht, doch es lag noch ein weiter Weg vor ihm. Im

Moment war der Schmerz nicht vergleichbar mit dem, was er für Amanda empfand. Oder was sie selbst fühlte.

Sie war hierhergekommen, um ihm zu helfen, gesund zu werden, während sie weitaus tiefere Wunden hatte, als irgendjemand wissen oder sehen konnte.

Trauer war eine komplexe Emotion. Er und seine Brüder hatten es erlebt, als ihre Eltern auf tragische Weise ums Leben gekommen waren. Es war ein greifbarer Verlust gewesen, den jeder in der Gemeinde gesehen und gespürt hatte. Amandas Trauer war anders. Sie war fast nicht greifbar – wer sollte es wissen, wenn sie darüber sprach? Wer könnte sie trösten, wenn sie sich nicht öffnete? Und wenn sie es nicht tat, würde sie weiter allein leiden.

Wusste sie nicht, wie kostbar sie war?

Das war nicht das, was er erwartet hatte. Sie war eine Kämpferin, und deshalb hätte er nicht gedacht, dass ihr das so den Atem verschlagen könnte. Er hätte ihr fast gesagt, dass er sie liebte, sich aber zurückgehalten. Sein Bauchgefühl sagte ihm, jetzt sei nicht die Zeit dafür. Er hatte es vermasselt, seit Amanda in sein Leben getreten war. Das Letzte, was er wollte, war, zu früh etwas zu sagen. Er musste ihr zuerst helfen … und dann beten, dass sie dasselbe für ihn empfand. Er musste einen Plan haben, bevor er etwas Dummes tat. Doch was sollte er tun?

Er musste reiten. Sich bewegen.

Unruhige Winde fegten über die Weide, als Unbehagen und Unsicherheit in ihm aufeinanderprallten. *Was sollte er für Amanda tun?*

Die Sonne senkte sich über den Bäumen. Cole und Susan hatten die Hochzeit und den Empfang am Nachmittag geplant, damit sie die lange Fahrt zum Flughafen in Ranger leichter schaffen konnten. Wyatt warf einen Blick in den SUV und sah, dass der Schlüssel noch immer im Zündschloss steckte. Er ging um die Fahrerseite herum, öffnete die Tür und setzte sich vorsichtig auf den Sitz.

Er brauchte Zeit zum Nachdenken. Er musste reiten. Brauchte die Ruhe, die er empfand, wenn er bei seinen Pferden war –

Fünf Minuten später fuhr er auf den Hof des Haupthauses, in dem Seth und Melody lebten. Er wusste, dass sie wahrscheinlich noch in der Stadt waren, um nach dem Empfang aufzuräumen. Vor dem Stall hielt er an und stieg aus. Seine Hüfte und sein Rücken spannten sich an, verkrampften sich aber nicht. Auch seine Schulter hatte sich nicht allzu sehr beschwert. Es spielte keine Rolle, als er in die Scheune ging.

Warum hatte Gott Amanda nicht geholfen? Sie hatte gesagt, nichts hätte ihr geholfen. Nicht die Bibel. Kein Gebet. Warum konnte sie keinen Frieden finden?

Er blieb vor seinem schwarzen Wallach stehen. „Hallo, Soot", sagte Wyatt und streichelte den Hals des

Pferdes. „Wie wäre es mit einem Ritt?"

„Hältst du das für eine gute Idee?"

Die Frage erschreckte Wyatt, und er blickte über seine Schulter. Chance stand in der Tür.

„Im Moment ist es mir ziemlich egal. Was machst du hier? Ich dachte, du wärst noch in der Stadt."

Sein Cousin zuckte mit den Schultern und kam herüber, um einen Stiefel auf die unterste Sprosse der Box zu stellen. Er tätschelte Soots Hals.

„Wenn du dir über etwas Sorgen machst, hat dir Reiten immer beim Nachdenken geholfen, oder?"

„Genauso wie dir."

Chance schenkte ihm ein Turner-Grinsen. „Ja. Da draußen herrscht Frieden."

„Ich hatte fast vergessen, wie viel."

„Willst du reden?" Chance drehte den Kopf und starrte ihn unter der Hutkrempe hervor an. Seine ernsten grünen Augen bohrten sich durch Wyatt.

„Nein. Mir geht's gut." Das war nicht wahr, und er wusste es. Doch das war Privatsache.

„Erzähl keine Märchen. Du hast vorhin ausgesehen wie ein Cowboy, der kurz davor steht, auf den wildesten Bullen der Auslosung zu steigen, ohne vorbereitet zu sein."

„So schlimm, was?"

„Schlimmer. Ich habe gesehen, wie du den ganzen Abend deine Augen nicht von Amanda lassen konntest.

Was ist los?"

Vielleicht konnte Chance ihm dabei helfen herauszufinden, wie er Amanda helfen konnte. Wyatt gab nach. „Das bleibt aber unter uns", sagte er.

„Das ist zwischen dir, mir und Gott."

Wyatt erzählte ihm von Amandas Problem. Darüber, dass sie keine Kinder bekommen konnte und dass sie jetzt damit in einer Krise steckte.

„Sie ist hierher nach Mule Hollow gekommen, um Frieden und Antworten zu finden, glaube ich. Sie tritt auf der Stelle, bis sich der Schmerz und die Trauer, die sie empfindet, auflösen. Aber sie leidet, Chance. Und heute Abend hat sie mir erzählt, wie leer und wertlos sie sich fühlt. Das ist nicht gut. Ich weiß nicht, was ich für sie tun soll. Sie ist eine bemerkenswerte Frau. Ich habe noch nie jemanden mit einem Herzen gekannt, wie sie es hat. Sie hat ihr Leben damit verbracht, Menschen mit der Art und Weise zu inspirieren, wie sie damit umgegangen ist, dass sie ihr Bein verloren hat. Sie hat eine schreckliche Situation genommen und einen Weg gefunden, etwas Gutes daraus zu machen. Doch sie leidet wirklich. Wie kann ich ihr helfen? Sie ist nicht wertlos, nur weil sie keine Kinder gebären kann."

Chance hatte ihn genau beobachtet. „Mann, das ist schwierig. Erstens kannst du damit anfangen, genau das zu tun, was du tust … sie zu lieben."

„Ist das so offensichtlich?"

Chance legte eine Hand auf seine Schulter. „Ich kann es sehen. Aber ich höre es auch und sehe es in der Sorge, die du für sie empfindest. Menschen treten in unser Leben, wenn wir sie brauchen. Es scheint mir, dass *Er* dich und Amanda zu diesem bestimmten Zeitpunkt zusammen geführt hat, weil es der richtige Zeitpunkt ist. Sei geduldig und sei für sie da, wie sie für dich da gewesen ist. Durch ihre Fürsorge bist du fast wieder du selbst. Du kannst dasselbe für sie tun. Hilf ihr zu erkennen, dass diese Leere, die sie empfindet, mit Gottes Gnade gefüllt werden kann, wenn sie es zulässt. *Er* ist der ultimative Tröster und liebt sie. Er wird das auch zum Guten gebrauchen, wenn sie es zulassen kann. Du musst beten und dann Gottes Führung folgen. Er führt uns nicht in die falsche Richtung, wenn wir seine Stimme hören können, wenn er spricht.“

Wyatt starrte mit schwerem Herzen in die Dämmerung hinaus. „Aber was ist, wenn ich nichts höre?“

„Dann warte ab und sei geduldig. Du wirst in dieser Zeit wachsen. In der Zwischenzeit muss Amanda wissen, dass sie nicht weniger Frau ist, und dass sie aus einem bestimmten Grund so ist, wie sie ist, und sie ist perfekt. *Seine* Liebe zu ihr ist groß, und obwohl ihr Verlobter sie verlassen hat, wird Gott es niemals tun. Manchmal schweigt er, weil er uns dazu bringen will, ihn intensiver zu suchen. *Er* hat dich auch nicht verlassen, Wyatt. Prüfungen und Schmerz treffen jeden, und in diesen Zeiten holt er uns zu sich zurück."

Wyatt schloss die Augen und dachte darüber nach. Es war so einfach. So offensichtlich. „So wie mich." Unfähig stehenzubleiben ging er nach draußen.

Chance schloss sich ihm an. „Irgendwann geht's uns allen so."

„Ja, aber ich mache das schon so lange, dass ich nichts Falsches daran gesehen habe. Ich hatte angefangen zu glauben, dass ich unbesiegbar bin. Dass ich alles, was ich erreicht habe, durch mein eigenes Verdienst und nicht mit Gottes Hilfe erreicht habe." Das hatte seit dem Absturz an ihm genagt. „Wie kann ich das ändern?" Draußen blieb er stehen.

Chance lächelte sanft. „Ganz einfach, Wyatt. Du hast es erkannt und dir eingestanden, jetzt machst du einen Neuanfang. Gott wird es dir nicht vorhalten."

Er nickte. „Was ist, wenn ich nicht derjenige bin, der ihr helfen kann? Vielleicht sollte sie mit dir reden. Du bist der Pastor."

„Er hat dich geschickt. Du bist der richtige Mann für den Job. Geh zurück und rede mit ihr." Chance legte seine Hand auf Wyatts Schulter. „Ich werde für euch beide beten."

„Danke. Ich werde es brauchen."

Danach ging Chance zurück zum Haus. Wyatt wusste, dass Chance genau zum richtigen Zeitpunkt im

Stall aufgetaucht war. Amanda wäre froh zu wissen, dass Gott ihn davon abgehalten hatte zu reiten, dachte er, als er wieder in ihren Geländewagen stieg.

Er blieb beim Weiderost stehen und starrte in den letzten Schein des Sonnenuntergangs, senkte den Kopf und betete, dass Gott ihm den Weg zeigen würde, Amanda zu helfen … und auch den Weg, ihr Herz zu gewinnen.

KAPITEL ACHTZEHN

Amanda stand auf der Veranda, als sie Scheinwerfer sah, die sich über die dunkle Weide auf sie zu bewegten. Sie hatte angefangen, sich schuldig zu fühlen, weil sie sich nicht vergewissert hatte, dass Wyatt sicher ins Haus gekommen war. Ja, er kam immer besser zurecht, doch trotzdem war er ihr Patient, und sie hätte ihn zu seiner Tür bringen sollen. Stattdessen ließ sie ihre Gefühle – ihr Privatleben – ihre Arbeit beeinträchtigen.

Das Letzte, womit sie gerechnet hatte, als sie nach ihm sehen wollte, war, dass ihr Geländewagen verschwunden war.

Was hatte er sich nur dabei gedacht? Sie ging in dem Moment auf ihn zu, als er anhielt. Sie hatte die feste Absicht, ihn auf das Thema Autofahren aufmerksam zu machen, doch in dem Moment, als er die Tür schloss, konnte sie sehen, dass etwas nicht stimmte. Im Mondlicht sah er nervös aus.

Das war etwas, das sie noch nie zuvor an ihm gesehen hatte.

„Wyatt, stimmt was nicht?"

Sie blieb vor dem Postkutschenhaus stehen. Er kam stetig auf sie zu und blieb nur wenige Zentimeter von ihr entfernt stehen. Amanda streckte automatisch die Hand aus und berührte seinen Arm. Als ob ihre Berührung ihn beruhigen würde. Das Letzte, was sie tun sollte, war, Wyatt zu berühren. Doch es wurde zu einer Unmöglichkeit. Er wusste alles über sie. Ihre dunkelsten Ängste und ihre tiefsten Sorgen. Sie waren miteinander verbunden, und trotz allem, was sie ihm gesagt hatte, war ihr klar geworden, dass es ihr geholfen hatte, mit ihm zu reden, als sie sich zurückgezogen hatte.

„Warum hast du das Auto genommen? Du kannst noch nicht fahren."

„Ich musste nachdenken. Ich bin mir nicht sicher, wie ich das angehen soll, aber ich kann dich heute Nacht nicht schlafen gehen lassen, ohne dir zu sagen, wie schön du innerlich wie äußerlich bist." Seine Augen brannten wild im Sternenlicht. „Gott hat keinen Fehler gemacht, als er dich erschaffen hat oder als er all das zugelassen hat, was dir in deinem Leben widerfahren ist. Ich habe den ganzen Weg von der Scheune zurück gebetet, dass Gott mich dabei anleiten möge. Ich habe mir gesagt, jetzt ist nicht der richtige Zeitpunkt, aber er ist es, Amanda."

Er hielt sie mit seinem Blick gefangen, trat auf sie zu und nahm ihr Gesicht in seine Hände. Ihre Wärme drang in sie ein.

„Ich liebe dich. Ich liebe dich so wie du bist und kann nur beten, dass du dich eines Tages in mich verliebst und ich dir zeigen darf, wie wunderbar du bist.”

Amanda war erstarrt, als er sie berührt hatte, und jetzt, als er sagte „Ich liebe dich”, erfüllte eine unbändige Freude sie … Ihr Herz tanzte in ihrer Brust mit einer Leichtigkeit, die sie noch nie erlebt hatte. Doch dann traf sie die Realität wie ein Pfeil auf einen Ballon.

„Nein.” Sie trat einen Schritt zurück.

„Doch.” Wyatt hielt sich fest und folgte ihr. „Ich will dich nur warnen, dass ich dich liebe. Es könnte dir Angst machen. Es könnte dich erschrecken, und nach allem, was du durchgemacht hast, hast du jedes Recht, dich so zu fühlen. Aber, Amanda Hathaway, ich bin ein sehr geduldiger Mann, wenn es sein muss. Und ich bin sehr entschlossen, wie du weißt. Also halte dich fest, denn ich will dich für immer. Und ich werde von diesem Moment an aktiv versuchen, dein Herz zu gewinnen.”

Amanda wusste nicht, was sie sagen sollte. „Ich kann das nicht, Wyatt. Ich kann das wirklich nicht …”

„Was, dein Herz für jemanden riskieren, der dich wirklich liebt? Hier in Mule Hollow nennen wir das feige. Und du bist nicht feige."

„Wyatt –"

Sie löste sich aus seinen zärtlichen Händen, wich zurück, nur um direkt gegen die Wand des Postkutschenhauses zu stoßen. In die Enge getrieben war sie gezwungen, ihm in die Augen zu sehen, und ihr Herz brach.

„Ich habe dir nichts zu bieten. Überhaupt nichts. Verstehst du das nicht?" Sie senkte den Blick. Konnte er die Wahrheit nicht sehen?

Wyatt nahm ihr Gesicht noch einmal in seine Hände und hob ihren Kopf. Er starrte ihr tief in die Augen. „Ich habe ganz langsam erkannt, als ich dich kennengelernt und mich in dich verliebt habe, dass du der Schlüssel zu jedem Traum und Streben bist, den ich jemals haben werde. Gott hat uns nicht ohne Grund in das Leben des anderen gebracht, Amanda. Du bist alles, was ich mir jemals wünschen könnte, und ich bin für immer dankbar, dass du in mein Leben gekommen bist."

Amanda spürte, wie Tränen in ihre Augen stiegen, während ihr Herz anschwoll. Ihr Geist fühlte sich wie von wechselnden Winden gebeutelt, in einem Moment Hochgefühl, im nächsten Trostlosigkeit. Sie wollte weglaufen und sie wollte sich an Wyatt klammern und ihn bitten, alles zu wiederholen, was er gerade gesagt hatte. Ihre Beine, die wie angewurzelt waren, ließen beides nicht zu.

Dann senkte Wyatt ohne Vorwarnung seinen Kopf und küsste sie. Lang und langsam. Ihr Inneres brannte vor Sehnsucht nach Hoffnungen lang verlorengeglaubter Träume.

„Ich will dich heiraten", flüsterte er gegen ihre Lippen.

Sie keuchte. „Nicht –"

Er zog sich zurück; seine Arme, die sich um sie geschlungen und sie in den Schutz seines Körpers gezogen hatten, hielten sie fest an ihn gedrückt. Sein Herz pochte gegen ihres ... und sie fragte sich, ob er das Rauschen ihres Blutes hören konnte.

„Ich liebe dich, Amanda. Und ich habe nicht übertrieben, als ich gesagt habe, dass ich geduldig bin. Ich sage dir nur, wo ich stehe, und hoffe, dass du dich in mich verliebst."

Sie schluckte die Worte herunter, die sie ihm so sehr sagen wollte. *Ich liebe dich auch.* „Das würde nie funktionieren."

„Warum nicht?"

„Weil ich dir keine Kinder schenken kann. Du brauchst einen kleinen Jungen, der dir ähnlich sieht, der bei Sam neben dir auf dem Barhocker sitzen und das beste Essen der Welt bestellen kann."

„Ich kann einen Sohn mit dir haben, der das tun kann, wenn er will."

„Nein –"

„Doch. Amanda, du bist eine ganze und vollkommene Frau. Die Leere, die du fühlst, kann mit Gnade und Frieden gefüllt werden, wenn du es nur zulässt. Das habe ich heute Abend getan. Ich habe all die Wut, die ich empfunden habe, losgelassen – über das meiste davon hast du mir schon hinweggeholfen, indem du einfach hier warst und mit mir gearbeitet und mich inspiriert hast. Aber ich lasse sie los und werde meine Lebensziele überdenken. Ich versuche nur, dich dazu zu bringen, zu sehen, dass du dasselbe tun musst. Stell dich der Tatsache, dass du bist, wer du bist, und dass du in jeder Hinsicht schön bist. Dir fehlt es an nichts in meinen oder Gottes Augen. Ein Kind da draußen – oder ein ganzes Haus voll davon – braucht dringend deine Liebe. Und ich bin der Mann, der neben dir stehen und sie lieben möchte. Bitte sag mir, dass es eine Chance gibt, dass du meine Liebe erwidern kannst."

Amanda konnte nicht sprechen. Er hatte ihr gerade die Welt zu Füßen gelegt. Die Freuden ihres Herzens.

„Nur damit du es weißt, ich habe heute Abend eine andere Entscheidung getroffen. Dieser Ort, an dem wir stehen, war die Heimat von sechs Generationen meiner Familie. Die Turners gehören hierher, Amanda. Ich möchte meine Kinder – unsere Kinder – hier auf Turner-Land großziehen. Ich werde eine kleine Anwaltskanzlei in der Stadt eröffnen, in der ich praktizieren und auch Beratungstätigkeiten für meine Kanzlei in Dallas übernehmen kann. Und ich dachte, wenn du dich in mich verlieben kannst und meine Frau werden willst, könntest du eine Pro-Bono-Abteilung leiten, die dafür sorgt, dass Amputierte die Therapie bekommen, die sie brauchen, solange sie sie brauchen."

Amanda spürte, wie Tränen über ihre Wangen liefen. An all das hatte er gedacht. „Oh Wyatt. Aus deinem Mund hört sich alles so einfach an."

Er lächelte dieses schiefe, wunderbare, herzerwärmende Lächeln. „Alles, was du tun musst, ist zu sagen, dass du mich liebst."

Amandas Herz fühlte sich an, als wollte es platzen. Sie zögerte einen Moment, holte tief Luft und schlang dann ihre Arme um seinen Hals. Sie konnte sich nicht zurückhalten. Nachdem sie seit ihrem 14. Lebensjahr um jeden Schritt nach vorn hatte kämpfen müssen, wollte sie nicht mehr kämpfen, sondern einfach tun und sagte, was ihr auf dem Herzen lag …

„Ich liebe dich", sagte sie und beobachtete, wie Freude Wyatts Augen strahlen ließ, bevor er sein Gesicht zum Himmel hob.

„Danke", sagte er mit heiserer Stimme.

Und dann glitt sein Blick zärtlich über ihr Gesicht und saugte ihren Anblick in sich auf, als er seine Lippen auf ihre senkte und sie küsste.

Jeder dunkle Fleck in Amanda füllte sich mit Hoffnung und Licht. Sie fühlte sich ganz.

Es war das wunderbarste Gefühl, das sie je erlebt hatte.

EPILOG

„Ihr Jungs wollt einen Grillteller?", fragte Applegate und gestikulierte hinter einem langen Tisch, hinter dem er, Sam und Stanley, standen, mit einem Würstchen.

Wyatt stand im Hof des Postkutschenhauses, wo Zelte für seine Hochzeit mit Amanda aufgebaut worden waren. Es war eine rauschende Party. Auf der anderen Seite ertappte er Amanda, die ihn anlächelte. Sie sah wunderschön aus in ihrem weißen Kleid, und für ihn war sie die schönste Frau, die je erschaffen wurde. Es gab keine andere wie sie.

„Heb mir einen auf, ja?", sagte er und ging auf sie zu.

„Wird gemacht. Chance, was ist mit dir?"

„Danke, App. Ich wäre dir sehr dankbar, wenn du auch einen für mich aufbewahren würdest."

Apps buschige Brauen kräuselten sich wie eine

Raupe, die über den Boden kroch. „Hast du dir schon über den Umzug Gedanken gemacht, Chance? Diese Rodeos müssen langsam langweilig werden. Wir brauchen einen guten Prediger hier. Frag Wyatt, er weiß, was für faule Predigten wir gehört haben, seit Pastor Allen gegangen ist."

Chance verzog das Gesicht. „Es tut mir leid, dass es so schwer ist, einen zu finden. Aber bis der liebe Gott mich zurückbringt, werde ich da draußen unterwegs sein. Ich werde weiter dafür beten, dass der richtige Mann für Mule Hollow auftaucht. Er ist da draußen, da kannst du dir sicher sein. Es liegt nur an seinem Timing, wann er kommt. Seid geduldig."

App grunzte und fummelte an seinem Hörgerät herum.

„Es ist nicht so einfach, wie du denkst."

Wyatt hatte Mitgefühl. Er wusste, dass Applegate das Beste für die Stadt wollte. Er war mürrisch, weil er Pastor Allen vermisste, der lange dort gewesen war, jedoch gehen musste, als seine Frau krank wurde und näher bei den Ärzten sein musste, die sich um sie kümmerten. Veränderung war nie leicht. Er war sich zwar nicht sicher, ob alle Pastoren, die hier gewesen waren, so schlecht waren wie der, der an jenem ersten Sonntag gepredigt hatte, als er in die Kirche gegangen war, doch sie hatten definitiv nicht nach Mule Hollow gepasst.

„Wenn der Richtige kommt, werdet ihr es wissen", sagte er, und Chance stimmte zu. Ehrlich gesagt würde es ihm gefallen, wenn Chance sich nach Mule Hollow berufen fühlen würde, doch Wyatt glaubte nicht, dass das so schnell passieren würde. Chance tat bereits, wozu er berufen war.

Stanley, der auf dem Tisch hinter App damit beschäftigt gewesen war, eine Rinderbrust in Stücke zu schneiden, brachte ein neues Tablett voll zu Apps Tisch. „Die Frage ist, ob wir überleben, bis er hier ist!", polterte Stanley über der Musik.

„Ihr werdet schon überleben", sagte Wyatt, abgelenkt von seiner Braut, als sie in seine Richtung kam.

Er überließ die anderen ihrer Diskussion und traf Amanda in der Mitte des Zeltes. Sie schmiegte sich in seine offenen Arme. „Habe ich dir schon gesagt, wie gesegnet ich mich heute fühle?", fragte er, küsste ihre Schläfe und hielt sie fest.

„Etwa hundertmal", flüsterte sie an sein Ohr. „Mir geht's genauso."

Wyatt hob den Kopf und fühlte sich dankbar. „Ich werde es dir für den Rest unseres Lebens immer und immer wieder sagen."

Sie legte ihre Hände um sein Gesicht, und ihre Augen funkelten. „Und ich liebe es, das zu hören, aber ich habe einen Mann der Tat geheiratet."

Er lachte und drückte sie fest an sich. „Dann will ich dich nicht enttäuschen", sagte er und küsste sie und zeigte ihr, wie sehr sie für ihn jetzt und für immer ein Schatz war.

Weitere Bücher von Debra Clopton

Turner Creek Ranch Serie - Die Cowboys von Mule Hollow
Schätze mich, Cowboy
Rette mich, Cowboy
Mach mich ganz, Cowboy
Schmeichle mir, Cowboy

Windswept Bay
Von Diesem Moment An
Irgendwo Mit Dir
Mit Diesem Kuss & Für Immer Und Ewig
Warten Auf Liebe
Mit Diesem Ring
Mit Diesem Versprechen
Mit Diesem Schwur
Mit Diesem Wunsch
Mit dieser Ewigkeit

Die Cowboys von Ransom Creek
Ihr Cowboy-Held (Vorgeschichte)
Braut zu mieten
Cooper
Shane
Vance
Drake
Brice

Die Holden Brüder – Die Cowboys von Mule Hollow
Das Herz eines Cowboys
„Das Vertrauen eines Cowboys"
Die Wahre Liebe Eines Cowboys

Die Cowboys von Mule Hollow Serie
Liebe Mich, Cowboy
Tanz Mit Mir, Cowboy
Immer Ärger mit Lacy Brown
… plus Baby macht fünf
Mein Herz gehört dir, Cowboy
Halt mich, Cowboy
Sei mein, Cowboy
Operation: Bis Weihnachten Verheiratet
Verehre Mich, Cowboy
Überrasch Mich, Cowboy
Sing für mich, Cowboy
Komm zu mir zurück, Cowboy
Reit mit mir, Cowboy

New Horizon Ranch Serie
Ein Cowboy für Maddie
Ein Cowgirl für Rafe
Ein Cowgirl für Chase
Ein Cowgirl für Ty
Eine Familie für Dalton
Eine Tierärztin für Treb
Maddies geheimes Baby
Ein Cowgirl für Austin

Über die Autorin

Die Bestseller-Autorin Debra Clopton hat bereits über 2,5 Millionen Bücher verkauft. Ihr Buch OPERATION: MARRIED BY CHRISTMAS soll sogar als ABC Familienfilm verfilmt werden. Debra ist bekannt für ihre modernen Westernromanzen, texanischen Cowboys und temperamentvollen Heldinnen. Romantik und eine Prise Humor werden immer miteinander verflochten, um den Leser zum Lächeln zu bringen. Als Texanerin in sechster Generation lebt sie mit ihrem Ehemann auf einer Ranch im Herzen von Texas und freut sich immer über Zuschriften von ihren Lesern.

Besuche Debras Website unter
debraclopton.com/deutsch

Melde dich für ihren Newsletter
www.subscribepage.com/KostenloseTexascowboyrom antik

Triff sie auf Facebook unter
www.facebook.com/debra.clopton.5

Folge ihr auf Twitter unter @debraclopton

Kontaktiere sie unter debraclopton@ymail.com